Drohnenflug

Günter Schäfer

Der Inhalt dieses Buches ist in allen Teilen urheberrechtlich geschützt. Jede Verwertung außerhalb des Urheberrechtgesetzes ist ohne ausdrückliche Genehmigung des Autors unzulässig und strafbar. Dies gilt sowohl für Vervielfältigungen, Übersetzungen, Verfilmungen, sowie für die Speicherung und Verarbeitung in elektronischen Systemen.

Alle Rechte vorbehalten.

© **2017**

Herstellung und Verlag: BoD - Books on Demand, Norderstedt

ISBN: 9783743192447

Titelbild: Mit freundlicher Genehmigung des Fördervereins Schloss Reimlingen

Vorwort des Autors

Der neue Fall des Augsburger Ermittlerteams. Wie immer eine rein fiktive Story, gespickt mit reellen Bezügen zu Örtlichkeiten aus dem schönen Reimlingen.

Ich möchte hiermit ausdrücklich darauf hinweisen, dass die gesamte Handlung dieser Geschichte mit allen darin vorkommenden Personen ausnahmslos meiner Fantasie entsprungen und somit frei erfunden ist.

Jede Übereinstimmung mit Abhandlungen bzw. mit lebenden oder verstorbenen Personen wäre rein zufällig und nicht beabsichtigt, oder fand mit ausdrücklicher Genehmigung der betroffenen Person statt.

1. Kapitel

Nach einem relativ ruhigen Wochenende klopfte Peter Neumann am Montagmorgen kurz an der Bürotür seines Vorgesetzten, Kriminalhauptkommissar Robert Markowitsch.

Nachdem er dessen *Herein* vernahm, drückte er die Klinke nach unten und betrat ohne jegliche Vorahnung den Raum.

Als er registrierte, dass er um diese Zeit nicht nur den Leiter des Augsburger Kriminalkommissariats antraf, sondern sich zusätzlich noch Oberstaatsanwalt Frank Berger, sowie der Chef der KTU Rolf Zacher eingefunden hatten, schwante ihm nichts Gutes.

Die drei Männer standen vor dem Schreibtisch von Robert Markowitsch.

Peter Neumann blieb abrupt stehen, um für einen Moment die Gesichter der Kollegen zu betrachten, sich einen kurzen Eindruck über deren Gemütszustand zu verschaffen, was ihm jedoch nicht richtig gelang.

Er sah sich in diesem Augenblick den Blicken dreier Augenpaare regelrecht ausgeliefert.

„Guten Morgen zusammen", brachte er schließlich heraus, um diesem seltsamen, ungewohnten Schweigen ein Ende zu bereiten.

Nachdem sein Gruß jedoch zunächst nicht erwidert wurde, hob Peter Neumann beinahe schon entschuldigend beide Arme, wobei er seine Handflächen nach oben drehte.

„Habe ich irgendetwas verbrochen, dass Sie mich hier mit Schweigen und Missachtung strafen, oder gibt es einen neuen Fall, von dem ich noch nichts weiß?", fragte er schließlich ungeduldig in die Runde.

Kriminalhauptkommissar Robert Markowitsch zog die Hand aus seiner Hosentasche und blickte kurz auf die Uhr.

„Neumann, Neumann", meinte er nur mit seltsam väterlicher Stimme. „Sie sind zu spät."

Peter Neumann blickte mit großen Augen in das Gesicht seines Vorgesetzten, während er sein Smartphone hervor holte und auf die digitale Zeitanzeige blickte.

„Sechs Minuten, Herr Markowitsch. Deshalb lassen Sie am frühen Morgen hier gleich die große Garde auflaufen?", hielt Peter Neumann dem Kripochef entgegen, wobei er nacheinander auf den Staatsanwalt und auf Rolf Zacher deutete.

Robert Markowitsch zeigte nun ein für ihn selten

vorkommendes Lächeln.

„Deshalb nicht, Herr Kriminal*ober*kommissar" meinte er mit ruhiger Stimme. „Ich hatte nur mit den Kollegen gewettet, dass Sie am heutigen Tag pünktlich im Büro erscheinen werden.

Der Doc stimmte mir zu, unser werter Herr Oberstaatsanwalt hielt dagegen."

„Genau", meldete sich Frank Berger nun lachend zu Wort, wobei er mit langsamen Schritten auf Peter Neumann zukam.

„Das bedeutet, dass Ihr Chef die nächste Zeche in der Kantine begleichen darf."

Genüsslich rieb sich der Augsburger Oberstaatsanwalt die Hände, während Peter Neumann versuchte, diese Situation zu begreifen.

„Moment mal", meinte er. „Sie wetten hier um eine Kantinenzeche ob ich zu spät ins …"

Peter Neumann verstummte, ließ die letzten Worte unausgesprochen, als Robert Markowitsch mit einem Kuvert und einem eingerahmten Dokument auf ihn zukam.

Auf einmal dämmerte es ihm.

„Sagten Sie eben Kriminal*ober*kommissar?", fragte er scheinbar verwirrt.

„Sagte er", meldete sich nun Rolf Zacher zu Wort, wobei er nun ebenfalls vom Schreibtisch weg auf Peter Neumann zutrat und diesem die Hand reichte.

„Während sich die beiden Kindsköpfe hier so königlich über Ihren komischen Gesichtsausdruck amüsieren, lassen Sie mich Ihnen als Erster zur Beförderung gratulieren."

Der KTU-Leiter klopfte Peter Neumann anerkennend auf die Schulter, während er dessen Hand schüttelte.

Nachdem anschließend auch Frank Berger seine Glückwünsche geäußert hatte, überreichte Robert Markowitsch dem nun strahlenden Peter Neumann das Kuvert und die Beförderungsurkunde.

„Ich bin schon etwas länger der Meinung, dass Sie sich das verdient haben, Neumann", meinte er.

„Aufgrund unserer Ermittlungsergebnisse in den Fällen der vergangenen Jahre stimmten auch Frank Berger und Rolf Zacher meinem Vorschlag zu Ihrer Beförderung zu."

Trotz des für ihn freudigen Anlasses musste der frisch gebackene Kriminaloberkommissar schlucken.

„Dann kann ich mich wohl nur herzlich bei Ihnen bedanken, Chef", meinte er. „Kann ich mich irgendwie dafür erkenntlich zeigen?"

Markowitsch winkte ab.

„Das tun Sie jeden Tag mit Ihrer Arbeit, Neumann. Auch wenn Sie mich bei unserem letzten Fall im Nördlinger Stadtmuseum etwas unsanft auf den Boden befördert haben: machen Sie einfach weiter so, das wäre mir am Liebsten."

„Werde ich, Chef", antwortete Peter Neumann mehr als erfreut über den Beginn dieser neuen Woche.

„Für die sogenannte unsanfte Begegnung darf ich mich im Nachhinein entschuldigen. Ich war auf Grund der Situation einfach nur besorgt um Ihre Sicherheit."

Robert Markowitsch winkte ab und deutete auf das Kuvert in Neumanns Händen.

„Geschenkt, Neumann. Alles gut. Da drin befindet sich übrigens die übliche Gratifikation", meinte er. „Aber hauen Sie nicht gleich alles sinnlos auf den Kopf."

Peter Neumann bedankte sich noch einmal und steckte das Kuvert in seine Tasche.

„Dann wollen wir mal wieder", meinte der Kriminalhauptkommissar. „Papierkram erledigen."

„Moment noch", unterbrach Frank Berger die Bemühungen von Robert Markowitsch, nun wieder zum Alltag zurückzukehren.

„Ich möchte mich bei dieser Gelegenheit einmal

bei Ihnen Dreien bedanken", sprach er nun auch Rolf Zacher mit an.

„Ich finde, dass die Arbeit, die Sie in den letzten Jahren geleistet haben, zumindest von meiner persönlichen Seite eine, wenn auch nur kleine, Anerkennung wert sein muss."

Er überreichte Robert Markowitsch nun ebenfalls einen Umschlag, den dieser mit fragendem Blick entgegennahm.

„Ein Bestechungsversuch von Seiten der Staatsanwaltschaft?", grinste er dabei.

„Keineswegs", schmunzelte Frank Berger. „Wie Sie sicher wissen, sind die Staatskassen nicht gerade üppig gefüllt, wenn's um Bares geht.

Nein, dies ist nur eine kleine persönliche Geste meinerseits. Ich musste mich vor kurzem persönlich mit einer schon unangenehm lange andauernden Geschichte am Nördlinger Amtsgericht beschäftigen.

Ich dachte nicht, dass ich mich in meinem Beruf einmal mit der Einstellung zu Glaube und Erziehung beschäftigen muss. Aber dieses Thema zieht sich hin wie ein alter Kaugummi und will einfach nicht aus den Schlagzeilen der Presse verschwinden."

„Ich habe davon gelesen", meinte Robert Markowitsch. „Aber das liegt doch wohl nicht in Ihrem Zuständigkeitsbereich, oder?"

„Das nicht", gab der Augsburger Oberstaatsanwalt zurück. „Ich werde in diese Geschichte auch gar nicht eingreifen. Man hat mich lediglich um Rat gefragt und wollte meine ganz persönliche Meinung dazu hören."

„Verstehe", antwortete der Kriminalhauptkommissar. „Politisch und gesellschaftlich sind negative Schlagzeilen unangenehm für jede Stadt."

„Sie haben es erfasst, mein lieber Markowitsch", seufzte Frank Berger. „Aber nachdem es in dieser Angelegenheit bisher Gott sei Dank keinen Toten gegeben hat, sollten Sie sich darüber keine Gedanken machen.

Ich habe lediglich bei einer persönlichen Unterhaltung mit dem Nördlinger Oberbürgermeister von der Veranstaltung erfahren und dachte mir, dass ich mich Ihnen und Ihren Kollegen gegenüber dadurch vielleicht ein wenig erkenntlich zeigen kann.

Nachdem ich jedoch nur drei Karten ergattern konnte, bin ich gerne bereit, auf meine Anwesenheit zu Ihren Gunsten zu verzichten.

Also fahren Sie ins Ries und genießen Sie das Umfeld Ihrer Arbeit einmal von der heiteren und unterhaltsamen Seite, meine Herren."

„Ins Ries?", fragte Markowitsch langsam.

„Damit verbinde ich bisher nur einen Haufen Arbeit und jede Menge Ärger."

„Diesmal sicher nicht, Markowitsch", lachte Frank Berger. „Sie müssen auch gar nicht bis nach Nördlingen fahren. Freuen Sie sich mit Ihren Kollegen auf ein unterhaltsames Krimidinner auf Schloss Reimlingen.

„Krimidinner? Wow", meinte Peter Neumann, als er einen Blick auf die Eintrittskarten warf.

„Zum Nachtisch gibt's Mord."

Mit einem Blick auf die beiden Kollegen meinte er: „Ist bestimmt angenehm, einmal in Ruhe dazusitzen, und anderen beim Ermitteln zuzusehen."

„Ich hoffe nur", meldete sich nun Rolf Zacher, „dass Sie das Menü für diesen Abend nicht persönlich zubereiten, Herr Berger. Nicht, dass ich die Kollegen anschließend bei mir auf dem Tisch liegen habe."

Der Oberstaatsanwalt lachte.

„Keine Sorge, meine Herren. An diesem Abend sollen Sie einmal nur genießen. Wenn Sie Glück haben, dürfen Sie auch mitspielen", verabschiedete sich nun der Oberstaatsanwalt und ließ die drei erstaunten Beamten in Robert Markowitsch' Büro zurück.

Diese ahnten zu diesem Zeitpunkt allerdings nicht, wie sehr sie an diesem Abend noch mitspielen würden.

2. Kapitel

Michael Schäfer saß in seinem Homeoffice und blätterte selbstgefällig in alten Zeitungsausschnitten.

In seiner Eigenschaft als freier Journalist hatte er in seinem Zuständigkeitsbereich Donau-Ries schon so manche Schlagzeile unter das Volk gebracht.

Mysteriöser Todesfall am Nördlinger Daniel

Michael Schäfer erinnerte sich noch genau an den Abend in der Riesmetropole, als er den Augsburger Kommissaren seinen Aufreißer für einen möglichen Mordfall präsentierte.

Seine dahin gehende Frage wurde zwar mit entsprechenden Warnungen beantwortet, doch der Journalist kannte die Floskeln der Ermittler nur zu gut.

Sicherlich, ein erfahrener Beamter würde sich niemals zu einer zweifelhaften Äußerung hinreißen lassen. Letztendlich hatte sich seine Vermutung jedoch bestätigt, wodurch ihm eine Serienberichterstattung durch das gesamte Geschehen gesichert war.

Wann bekam man in seiner Branche schon einmal die Gelegenheit, über so eine Geschichte zu schreiben?

Seine Titelaufmacher hatten ihm damals gutes Geld eingebracht. Fast alle großen Tageszeitungen hatten ihm seine Arbeiten regelrecht aus den Händen gerissen.

Michael überblätterte einige kleinere Artikel, die er in seinem Job jedoch mehr oder weniger nur als Lückenfüller betrachtete.

Verkehrsunfälle, Schlägereien und Drogendelikte säumten seinen journalistischen Alltag.

Zugegeben: die Geschichten mit den Drogen, vor allem dieses verfluchte Crystal Meth, boten ihm immer wieder einmal die Grundlage, einen schnellen Artikel zu verfassen, um etwas Geld zu verdienen. Aber das Gelbe vom Ei stellte es nicht dar.

Da gab die Titelstory **Endstation Alte Bastei** schon ganz andere Möglichkeiten her, um die allzu oft magere Kasse etwas aufzubessern.

Darüber zu schreiben, wie ein ansässiger Lokalpolitiker des Mordes überführt und schlussendlich an einem Ort wie der Nördlinger Freilichtbühne dingfest gemacht wird, so etwas war schon eher nach Michael Schäfers Geschmack.

Man musste der Polizei und der Staatsanwaltschaft nur permanent auf die Füße treten, sie lange genug mit dem Recht auf öffentliche Informationen nerven, dann kam man meist ans Ziel.

Irgendwann gab es doch immer die eine oder andere Aussage, die sich mit etwas schriftstellerischer Freiheit zu Geld machen ließ.

Es fiel Michael beim schnellen Durchblättern seiner alten Artikel auf, dass bei den großen Geschichten immer wieder diese Augsburger Ermittler am Werk waren.

Dieser Markowitsch scheint immer eine sichere Quelle zu sein, dachte er bei sich.

Er kramte seine Notizen hervor, wobei er nach einer ganz speziellen suchte. Es handelte sich um eine Einladungsliste, die er von einem Bekannten aus Augsburg zugesteckt bekommen hatte.

Gut, dass man so seine Informationsquellen in den verschiedenen Bereichen besaß.

Als er die Namen auf der Liste überflog, hatte er relativ schnell neben weiteren lokalen Persönlichkeiten den Namen des Augsburger Kriminalhauptkommissars entdeckt.

Michael Schäfer lächelte leise vor sich hin.

Nachdem er jedoch den Anlass für diese Einladung vor Augen hatte, kamen ihm Zweifel darüber, ob es sich dabei um eine lukrative Möglichkeit handelte, endlich wieder einmal eine heiße Geschichte aufgreifen zu können.

Krimidinner auf Schloss Reimlingen las er etwas enttäuscht und überlegte einige Zeit, ob sich damit etwas anfangen ließ.

Gesellschaftsklatsch murmelte Michael Schäfer zu sich selbst. Er sah in diesem Moment schon die Gelegenheit für einen neuen Aufreißer dahinschwinden.

Außer ...

Nach einem intensiven Gedankenspiel legte er die Liste beiseite, ging zu seinem Kühlschrank und öffnete sich kurz darauf mit zufriedenem Lächeln ein kühles Bier.

3. Kapitel

Das anstehende Krimidinner in Reimlingen sorgte schon Tage vorher für Gesprächsstoff im Ort.

Der Förderverein des Schlosses sah natürlich seine Räumlichkeiten als das Optimum für eine solche Veranstaltung, wobei jeder, der darauf angesprochen wurde zugab, dass dieses Ambiente geradezu prädestiniert dafür war.

Die Tatsache jedoch, dass dabei lediglich eine geschlossene Gesellschaft geladen war, traf auf etwas Unverständnis.

Mal wieder die Großkopferten unter sich war nur einer der zynischen Sprüche, die man in diesen Tagen zu hören bekam.

Franz-Josef Langer, der Reimlinger Bürgermeister, hatte sich diese Sätze nun schon mehrfach anhören dürfen. Er berief sich jedoch stets darauf, dass dies keine Entscheidung war, die er und der Reimlinger Gemeinderat eigenständig beschlossen hatten.

Vielmehr ging diese Veranstaltung von seinem Kollegen, dem Nördlinger Oberbürgermeister Martin Steger aus.

Nachdem es im vergangenen Jahr kaum größere negative Schlagzeilen gegeben hatte, wollte sich dieser bei den Beteiligten an der Verbrechensbekämpfung der letzten Jahre einmal erkenntlich zeigen.

Der Chef des Nördlinger Rathauses brachte diesen Vorschlag während der Bürgermeisterversammlung im zuständigen Donauwörther Landratsamt ein.

Die Idee wurde einstimmig von allen Seiten begrüßt, wobei man nur noch die Frage der passenden Örtlichkeiten klären musste.

Ursprünglich hatte sich Martin Steger ja für den Nördlinger Stadtsaal ausgesprochen, als sich jedoch Franz-Josef Langer zu Wort meldete.

„Ich würde dafür den großen Saal in der Kulturetage unseres Schlosses zur Verfügung stellen", meinte er.

Der Nördlinger OB sah seinen Kollegen erstaunt an, wobei er die Augenbrauen etwas nach oben gezogen hatte.

„Was verschafft uns denn den Genuss dieser Großzügigkeit, Herr Langer?", fragte er. „Haben Sie etwa das Budget noch nicht ganz ausgereizt?"

Der Reimlinger Bürgermeister sah lächelnd über die Anspielung seines Kollegen hinweg.

„Als nach wie vor selbständige Gemeinde wirtschaften wir nachweislich doch ganz ordentlich", meinte er. „Außerdem sind in meinen Augen die Querelen aus dem 16. Jahrhundert mit der Reichstadt Nördlingen über die Erbauung unseres Schlosses historische Vergangenheit."

Die Stimme des Landrats durchbrach das folgende, sekundenlange Stillschweigen im Raum.

„Also, ich finde den Gedanken äußerst reizvoll, ein Krimidinner in einem historischen Gebäude erleben zu können", meinte er, was ihm auch nach und nach die Zustimmung weiterer Anwesender einbrachte.

„Zudem", so fuhr Franz-Josef Langer fort, „ist mein Angebot nicht darauf zurückzuführen, dass einige Räumlichkeiten des Schlosses vom Gemeinderat und mir als Amtssitz genutzt werden. Es bedurfte selbstverständlich der Zustimmung des Fördervereins unseres Schlosses.

Sehen Sie das Ganze als dankbare Geste meiner Gemeinde dafür, dass wir im Gegensatz zu Ihrer Stadt bisher von Kapitalverbrechen verschont geblieben sind."

Martin Steger hob trotz des kleinen verbalen Seitenhiebs wie entschuldigend beide Hände.

„Gar kein Problem", antwortete er beschwichtigend. „Ich werde versuchen, dies dem Pächter unseres Stadtsaals zu vermitteln.

Er hat sich im Grunde genommen gedanklich schon mit den Vorbereitungen beschäftigt, nachdem mein Vorschlag vom Stadtrat angenommen und beschlossen wurde."

Der Landrat als Hausherr der Versammlung wollte die Gefahr einer verbalen Eskalation im Keim ersticken und erhob sich nunmehr von seinem Platz.

„Herzlichen Dank für das Angebot aus Reimlingen, Herr Langer", sagte er lächelnd. „Sehen wir also einem hoffentlich spannenden als auch entspannenden Abend auf Ihrem Schloss entgegen.

Sollte es keine weiteren Punkte Ihrerseits mehr geben, meine Damen und Herren, so würde ich die heutige Bürgermeisterversammlung schließen."

4. Kapitel

Peter Neumann und Robert Markowitsch standen wartend neben dessen Dienstwagen.

Der Kriminalhauptkommissar sah etwas genervt auf seine Uhr.

„Das ist mal wieder typisch Zacher", brummte er etwas verärgert. „Die Herrschaften von der Spurensicherung lassen uns Kommissare doch immer warten. Funken Sie den Herrn Kollegen doch mal freundlich an", bat er Peter Neumann.

„Nun geben Sie Herrn Zacher doch noch ein paar Minuten, Chef. Wir sind heute ja früh genug dran", versuchte dieser seinen Vorgesetzten zu beruhigen.

„Wir haben eine Einladung erhalten, Neumann", erklärte Robert Markowitsch. „Auch wenn es sich hierbei nicht um einen dienstlichen Termin handelt ziehe ich es persönlich vor, pünktlich zu sein."

Peter Neumann winkte lässig ab.

„So eilig ist es nun auch wieder nicht. Notfalls stellen wir eben unseren blauen Blinker aufs Dach."

Der Leiter des Augsburger Kriminalkommissariats tippte sich spontan mit dem Zeigefinger gegen die Stirn.

„Sonst noch was, Herr Kriminaloberkommissar", meinte er mit leicht spöttischem Unterton. „Wenn das jemand mitbekommt, handeln wir uns höchstwahrscheinlich auch etwas Blaues ein. Nämlich einen Umschlag mit einer saftigen Ermahnung."

„Ach was", verwarf Peter Neumann lachend die Bemerkung von Robert Markowitsch.

„Immerhin sind wir unterwegs zu einem Tatort, an dem es möglicherweise eine Leiche gibt. Dass es sich dabei um ein Spiel handelt, das weiß ich doch nicht."

Markowitsch schüttelte nur den Kopf über die Ideen seines Kollegen und wollte gerade zu einer entsprechenden Äußerung ansetzen, als er Rolf Zachers Wagen um die Ecke kommen sah.

Der Leiter der KTU parkte sein Fahrzeug direkt hinter dem des Hauptkommissars, legte seinen Berechtigungsschein sichtbar auf die Frontablage, nahm einen kleinen Koffer zur Hand und stieg aus.

Als er den strafenden Blick Robert Markowitsch' erkannte, winkte er nur ab.

„Sie brauchen jetzt gar nicht so grimmig zu gucken", sagte er gehetzt. „Ich kann von Glück reden, dass ich überhaupt hier sein kann."

„Wieso das denn?", fragte der Kripobeamte nach, während er die Beifahrertür seines Wagens öffnete, einstieg, den Schlüssel auf den Fahrersitz warf und die Blende herunter klappte.

Peter Neumann wusste nun, dass er an diesem Abend den Chauffeur spielen durfte. Nachdem er sich hinters Steuer gesetzt hatte und auch Rolf Zacher seinen Koffer verstaut und im Wagen Platz genommen hatte, meinte er zu diesem:

„Hat man Ihnen etwa ein halbes Hähnchen auf den Seziertisch gelegt, um nachzusehen, ob da noch was zu retten wäre?"

Als der Hauptkommissar Zachers Gesichtsausdruck im kleinen Spiegel der Sonnenblende betrachtete, sah er schmunzelnd auf Peter Neumann.

Dieser versuchte trotz des alten Kalauers pflichtbewusst zu lächeln, als er den Wagen startete.

Rolf Zacher indessen machte seinem sichtbar aufgestauten Ärger etwas Luft.

„Heben Sie sich Ihre Sparwitze für ein anderes Mal auf, Markowitsch. Ich hatte einen anstrengenden Tag in München und mich auf einen entspannenden Abend gefreut."

„Und was hat Ihnen dann die Freude verdorben, wenn ich fragen darf?"

„Dürfen Sie, Herr Kollege. Aber ich hätte es Ihnen auch so erzählt", antwortete Zacher noch immer sichtlich genervt.

„Zwei junge Schnösel sind mir mit ihren aufgedonnerten Kisten eine ganze Zeit lang immer wieder abwechselnd ziemlich nah an die Stoßstange gedonnert."

„Oha", meinte der Hauptkommissar. „Illegales Rennen auf der A8?"

Markowitsch grinste. „Das haben sie mit Ihrer Kiste dann wohl verloren, oder?"

Peter Neumann sah kurz etwas verwundert zur Seite. Irgendwie kam ihm Robert Markowitsch momentan etwas aufgekratzt vor.

Diese Art kannte er sonst gar nicht an ihm.

„Diese Idioten haben sich solange gegenseitig überholt, bis einer von ihnen schlussendlich an die Mittelleitplanke geknallt ist.

Gott sei Dank waren einige Fahrer so schlau abzubremsen und auf die Standspur zu fahren, bevor es bei dem einsetzenden Feierabendverkehr zu einem Chaos gekommen wäre. Scheinbar haben sie diese beiden Trottel rechtzeitig bemerkt."

„Ach, deshalb sind Sie also zu spät?", fragte der Leiter der Augsburger Kripo nach, wobei er sich auf seinem Beifahrersitz etwas umdrehte.

„Ja", antwortete Rolf Zacher seufzend. „Ich habe die Zentrale verständigt und auf den nächstgelegenen Einsatzwagen gewartet.

Zum Glück ging die ganze Geschichte mit ein paar Kratzern aus."

„Na, dann sollten Sie sich nun umso mehr auf einen entspannten Abend freuen, Zacher", sprach Markowitsch und lehnte sich wieder zurück.

Peter Neumann lenkte den Wagen zwischenzeitlich stadtauswärts in Richtung Bundesstraße. Als diese wenig später erreicht war, trat er das Gaspedal durch und beschleunigte auf die zulässige Höchstgeschwindigkeit.

*

Trotz des Feierabendverkehrs auf der B2 kamen die drei Beamten relativ zügig voran und es dauerte nicht lange, bis sie an diesem Herbstabend die Donauwörther Umgehungsstraße und somit nun die Bundesstraße 25, passiert hatten.

Robert Markowitsch deutete mit der rechten Hand in Richtung des nahenden Rieskraters, über dem dunkle Wolken zu erkennen waren.

„Schon phänomenal", meinte er, „wie sich hier die Wettergrenzen aufzeigen. In Augsburg bei fast sonnigem Himmel losgefahren und über diesem Rieskessel braut sich scheinbar ein mächtiges Gewitter zusammen."

Der frischgebackene Kriminaloberkommissar verzog seine Mundwinkel zu einem leichten Lächeln.

„Wahrscheinlich hat der Nördlinger OB für das Krimidinner eigens das passende Wetter bestellt. Herbstabend, die passende Umgebung in einem Schloss, da wird man doch schon mal vorab in die richtige Stimmung versetzt."

„Ihre Phantasie in allen Ehren, Neumann", meldete sich Rolf Zacher nun zu Wort.

„Dass im Rieskrater oftmals ein eigenwilliges Wetter herrscht, ist doch hinreichend bekannt. Wenn von Südwesten her Regenwolken aufziehen, werden diese oft um den Krater herum getrieben.

Das liegt wohl an den Gewässern der Donau bzw. an den zum Teil künstlich angelegten Brombachseen. Die scheinen den Regen manchmal magisch anzuziehen.

Sobald die Regenwolken aber einmal die Barriere ins Ries überwunden haben, halten sie sich auch mal länger, als den Bewohnern dort lieb ist. Also entweder gar nicht erst rein, oder länger nicht mehr raus."

„Oha", meinte Robert Markowitsch anerkennend zu Rolf Zacher. „Haben Sie eine neue Leidenschaft entdeckt und werden nun Hobbymeteorologe?"

„Quatsch", gab Zacher zur Antwort, als der Wagen in diesem Moment auf den Harburger Tunnel zufuhr.

„Wenn Sie etwas mehr Interesse an Ihrer heimatlichen Umgebung hätten, müsste ich hier nicht den Lehrer spielen."

Als das Fahrzeug der Kriminalbeamten den Tunnel durchfahren hatte, blickte Zacher neugierig aus dem Fenster.

Hat sich ja eine Menge getan mit der Sanierung", meinte er. „Nur schade, dass einem der Blick auf Harburg durch diese Schallschutzfassade nun verwehrt wird."

Kurz nachdem der Wagen auf der B25 ins Ries hinein fuhr, wurden die drei Augsburger Kripobeamten aus ihrem Gespräch gerissen.

Über den inzwischen dunklen Himmel des Rieskraters zuckte ein greller Blitz, dem nur wenige Sekunden später ein bedrohliches Grollen folgte.

„Na, das nenne ich mal einen freundlichen Empfang", sprach Rolf Zacher zu seinen beiden Kollegen.

„Dann wollen wir doch mal hoffen, dass das Empfangskomitee nicht noch euphorischer wird und es sich nur um ein Gewitter handelt", antwortete Markowitsch, indem er auf den bewaldeten Hügel auf der linken Seite deutete.

Der nun aufkommende Wind, der an Intensität noch zuzunehmen schien, fuhr unbarmherzig durch die Bäume am Hühnerberg.

„Keine Bange, meine Herren", meldete sich nun Peter Neumann zu Wort. „Ich werde Sie sicher ans Ziel bringen. Sind ja nur noch ein paar Minuten."

*

Es war kurz vor achtzehn Uhr, als Peter Neumann den Blinker setzte und die Limousine seines Vorgesetzten zur Straßenmitte auf die Abbiegemarkierung lenkte.

Kurz darauf befand sich der Wagen bereits in Reimlingen.

Nachdem sich keiner der drei Männer im Ort genau auskannte, hatte Peter Neumann bereits vor der Abfahrt in Augsburg das Navi eingestellt.

Nach zweihundert Metern biegen sie links ab, dann biegen sie rechts ab, war die monotone Stimme aus dem Navigationsgerät zu vernehmen.

Biegen sie rechts ab, dann biegen sie links ab.

Zielsicher wurde das Fahrzeug mit den drei Beamten in die Straße beordert, die kurz darauf ansteigend in Richtung Reimlinger Schloss führte.

Robert Markowitsch deutete auf das Gebäude, das sich rechts vor ihnen erhob.

„Sieht frisch renoviert aus. Wenig Türme und keine Mauer drum herum", meinte er etwas enttäuscht über den Anblick.

Peter Neumann musste etwas lachen, als er die Äußerung des Kriminalhauptkommissars vernahm und bremste den Wagen fast bis zum Stillstand ab.

„Hierbei handelt es sich nicht um das Reimlinger Schloss, Herr Markowitsch", meinte er und zeigte auf das Gebäude, hinter dem sich ein Waldstück erhob.

„Ach, nicht?", fragte dieser, indem er die Augenbrauen etwas nach oben zog.

„Tagungsstätte und Bildungshaus. Gehört zum Kolping-Bildungswerk", erklärte Neumann.

Markowitsch blickte kurz nach links, als er seufzend fragte: „Internet?"

„Sicher", antwortete Peter Neumann grinsend. „Dafür haben wir es ja auch. Ich habe mir angewöhnt, mich etwas zu informieren, bevor ich unbekanntes Terrain betrete. Allerdings stand auch ein Hinweisschild an der letzten Kurve."

Da es zwischenzeitlich auch zu regnen begonnen hatte und der Wind das Wasser gegen die Scheiben peitschte, ließ der Kriminaloberkommissar den Wagen vorsichtig wieder anfahren.

In der folgenden Rechtskurve deutete er mit der Hand nach vorn.

„Da haben Sie Ihre Mauer, Chef", sprach er, als sie an einer kleinen Kapelle vorbei in ein kurzes Waldstück fuhren, hinter dem sich sogleich auf der rechten Seite die Parkmöglichkeiten für die Besucher des Schlosses zeigten.

„Was für ein Sauwetter", meinte Robert Markowitsch angesichts der heftigen Windböen, die allerdings den Vorteil brachten, dass sich die dunkle Wolkendecke langsam wieder öffnete und der heftige Regen nachließ.

Als Peter Neumann das Fahrzeug mit etwas zu viel Schwung auf den geschotterten Parkplatz lenkte, brachte ihm das auch gleich einen Rüffel seines Vorgesetzten ein.

„Sachte, junger Freund", gab er seinem Mitarbeiter zu verstehen, „oder wollen Sie mir meinen Wagen ruinieren?"

Nachdem die drei Männer das Auto verlassen hatten, blickten sie sich zunächst etwas um.

Die Dunkelheit machte sich langsam bemerkbar, einige Nebelschwaden zogen vom nahegelegenen Waldrand auf die angrenzenden Wiesen herunter.

„Ein idyllisches Plätzchen haben sich die Reimlinger da für ihr Schloss ausgesucht", meinte Rolf Zacher beeindruckt.

„Nicht ganz", korrigierte Peter Neumann den Leiter der Kriminaltechnik.

„Das Schloss wurde Ende des sechzehnten Jahrhunderts vom Deutschen Orden aufgebaut und diente unter anderem den kaiserlichen Truppen als Hauptquartier.

Der Mariannhiller-Orden und die Augsburger Diözese waren ebenfalls schon Besitzer. Erst kurz vor der Jahrtausendwende hat die Gemeinde Reimlingen das Schlossareal erworben, das heute auch den Amtssitz des Reimlinger Bürgermeisters enthält."

„Am 1. Januar 1997, um es genau zu sagen", merkte Rolf Zacher an. „Steht jedenfalls so auf der Homepage des Fördervereins."

„Ein wandelndes Lexikon, meine beiden Kollegen", sprach Robert Markowitsch, indem er einige Male in die Hände klatschte.

„Nur kein Neid, Herr Kollege", antwortete Rolf Zacher mit einem Augenzwinkern in Richtung Peter Neumann.

Anschließend begab er sich nun als erster der drei Männer in Richtung Schlosstor, durch das sie kurz darauf den Innenhof betraten.

Die vorhandene Beleuchtung tauchte den Schlosshof mit seinen Gebäuden und dem linker

Hand gelegenen Schlossgarten an diesem Herbstabend in das passende Licht für die anstehende Veranstaltung.

„Hier könnte man glatt einen Film drehen", sinnierte Rolf Zacher, als er seine Blicke über das Gelände schweifen ließ.

„Denken Sie dabei an eine Schnulze, oder eher an einen Heimatschinken?", frotzelte Robert Markowitsch.

Rolf Zacher verdrehte die Augen etwas, was in der einbrechenden Dunkelheit jedoch unbemerkt blieb.

„Zum Schluss noch mit Ihnen als Schlossgespenst, oder? Lassen Sie uns reingehen", ermahnte er die beiden Kollegen beim Anblick der weiteren Besucher. „Nicht, dass wir als Letzte nur noch die Notsitze bekommen."

Markowitsch griff in die Innentasche seiner Jacke und zog seinen Dienstausweis hervor.

„Mit dem sitzen wir immer in der ersten Reihe, mein lieber Zacher", schmunzelte er.

„Und sollte das nichts helfen, dann schieß ich uns den Weg frei", warf Peter Neumann salopp dazwischen, als er sein Sakko öffnete und auf sein Schulterhalfter deutete.

Die Augen des Hauptkommissars weiteten sich überrascht bei diesem Anblick.

„Sie haben Ihre Dienstwaffe dabei, Neumann?"

„Selbstverständlich", meinte Peter Neumann.

„Hauptkommissar, Oberkommissar, Kriminaltechniker, Krimidinner. Sind wir nicht zu jeder Zeit und bei jeder Gelegenheit im Dienst?"

„Laut Staatsanwaltschaft haben Sie heute dienstfrei, Schimansky", meinte Robert Markowitsch in Anlehnung auf einen TV-Kollegen.

„Unser Besuch hier in Reimlingen wird wohl kaum Anlass dazu geben, dass Sie Ihre Kanone zum Einsatz bringen müssen, Neumann."

Der Leiter der KTU boxte Markowitsch freundschaftlich an die Schulter.

„Vielleicht will er ja auf die Bühne und den schauspielenden Mörder dingfest machen", grinste er mit einem Augenzwinkern.

5. Kapitel

Unmittelbar hinter dem Nebengebäude „Alte Wache" führte die Beamten ein leicht ansteigender Kiesweg an die Rückseite des Reimlinger Schlosses zum Eingang in die Kulturetage.

Kurz nachdem der Kriminalhauptkommissar mit seinen beiden Kollegen das Foyer betreten hatte, sah er sich auch schon einem bekannten Gesicht gegenüber.

„Herr Markowitsch", begrüßte Martin Steger den Augsburger Hauptkommissar, indem er ihm die Hand reichte. „Wie ich sehe, sind Sie und Ihr Kollege meiner Einladung an den Oberstaatsanwalt gefolgt."

Der Nördlinger Oberbürgermeister sah sich suchend um.

„Ist Herr Berger nicht mit Ihnen gekommen?"

Der Augsburger Hauptkommissar zuckte entschuldigend mit den Schultern.

„Nein, Herr Steger. Sie wissen ja selbst, wie das so ist mit den dienstlichen Terminen.

Unser Oberstaatsanwalt ist leider verhindert. Aber unser frisch beförderter Kriminaloberkommissar Peter Neumann und der Leiter unserer KTU Rolf Zacher begleiten mich."

Der Nördlinger OB begrüßte die beiden Beamten ebenfalls per Handschlag.

„Na, dann hoffen wir mal, dass Sie heute im schönen Donau-Ries lediglich als Freizeitermittler zugegen sind", lachte Martin Steger. „Ich wünsche Ihnen einen unterhaltsamen Abend, meine Herren."

Mit diesen Worten begab sich das Nördlinger Stadtoberhaupt zu Franz-Josef Langer, der soeben mit drei weiteren Personen den Saal betrat.

„Herr Steger. Freut mich, dass Sie Zeit und Muße gefunden haben, unserer Einladung zu folgen. Sie werden sehen, dass sich dieser Abend recht kurzweilig gestalten wird."

Der Reimlinger Bürgermeister stellte Martin Steger seine Begleiter vor.

„Frau Mengler und Herr Schäfer von der Presse, sowie Herr Ginzler, Mitarbeiter einer Werbeagentur."

Martin Steger begrüßte die ihm vorgestellten Personen nacheinander.

„Werbung ist bei entsprechender Aufmachung ein wirksames Mittel, um den Tourismus anzukurbeln", meinte er.

„Ganz meine Meinung", antwortete Franz-Josef Langer.

„Aus diesem Grunde haben wir Herrn Ginzler auch zu uns eingeladen, um mit seinen technischen Möglichkeiten für uns tätig zu sein. Näheres dazu werde ich aber gleich noch kurz erläutern."

Der Reimlinger Bürgermeister begab sich an einen der zum Empfang aufgestellten Stehtische und griff sich das bereitliegende Mikrophon.

Er räusperte sich kurz, um die Aufmerksamkeit der Anwesenden zu erlangen.

„Verehrte Gäste, meine Damen und Herren."

Langer blickte kurz auf seine Armbanduhr.

„Sie müssen nun keine offizielle Rede von mir befürchten", sagte er mit einem Lachen. „Diese überlasse ich nachher dem Vorsitzenden des Fördervereins unseres schönen Reimlinger Schlosses und dem Initiator dieser Veranstaltung, meinem verehrten Kollegen aus Nördlingen, Herrn Oberbürgermeister Martin Steger."

Franz-Josef Langer wartete den kurzen Applaus ab, ehe er noch hinzufügte:

„Die Schauspieler stehen so gut wie in den Startlöchern und das Essen unseres ansässigen Cateringservices wird nebenan frisch zubereitet.

Nutzen Sie die verbleibende Stunde, um noch eventuellen Bedürfnissen nachzugehen. Sei es ein Gang zum stillen Örtchen, oder eine kurze Zigarette im Hof bzw. im sehenswerten Schlossgarten."

Um möglichen Ärger mit dem Förderverein vorzubeugen, fügte er noch hinzu: „Dabei anfallende Kippen oder sonstiger Abfall bitte in den dafür vorgesehenen Behältnissen entsorgen. Ansonsten müssen Sie damit rechnen, dass Sie vom Hausherrn für morgen zur Reinigung der Schlossanlage vergattert werden."

Mit diesem kurzen Statement hatte Franz-Josef Langer die Lacher auf seiner Seite.

Er schaltete das Mikrophon ab und legte es zurück auf den dafür vorgesehenen Platz, um sich wieder seinen Gästen zu widmen.

6. Kapitel

Michael Schäfer sah dem Mann etwas neidisch hinterher, als dieser die Kuluretage des Schlosses über die Holzstufen hinab verließ. Ginzler schien mit seiner Technik wohl eine ganze Menge Geld zu verdienen.

Etwas seufzend wandte sich der freie Journalist von der Treppe ab, um sich seinem eigentlichen Vorhaben zu widmen.

Als er sich in den linker Hand gelegenen Raum begeben wollte, in welchem er den Augsburger Hauptkommissar und seine beiden Begleiter vorhin gesehen hatte, kamen ihm die drei Männer jedoch schon entgegen.

Er stutzte, als er sah, wer sich hinter den Kriminalbeamten befand.

Dass das Krimidinner am heutigen Abend nicht von Profischauspielern gestaltet wurde, hatte er zwar gehört, aber seine ehemaligen Schulkameraden hatte er hier doch nicht erwartet.

„Der Schäfer", tönte es ihm nun auch schon entgegen, wobei der herannahende Mann das „Ä" auffallend lang betonte.

Michael Schäfer spürte seinen Magensaft wie aus der sprichwörtlichen Pistole geschossen aufsteigen und er musste beinahe husten, als er diesen sauren Geschmack in der Kehle fühlte.

Der Mann, der ihn soeben angesprochen hatte, stand nach wenigen großen Schritten vor ihm und lachte ihm ins Gesicht.

„Hab schon gehört, dass Du Dich der schreibenden Zunft angeschlossen hast. Allerdings soll Dein Ruf ja nicht gerade der Beste sein, wie man so mitbekommen hat."

Michael Schäfer blickte Christian Stohr in die hämisch blitzenden Augen. Er konnte diesen Volltrottel schon zu ihren gemeinsamen Schulzeiten nicht ausstehen. Die Clique jedoch fand ihn ganz cool mit seinem meist arrogant wirkendem Auftreten. Also versuchte Michael sich um des lieben Friedens willen meist zurückzuhalten.

Die alte Clique, das waren er, dieser Fatzke Christian, sein ehemaliger Kumpel Johannes Kleinert und nicht zuletzt Alexandra Bleyer.

Im Grunde genommen waren sie damals, von manchen Ausnahmen abgesehen, ein ziemlich eingeschworener Haufen. Nachdem Christian Stohr scheinbar nie einen Hehl aus seiner Geltungssucht gemacht hatte, gründeten sie zu Beginn der Abschlussklasse, sozusagen als Projektarbeit, eine kleine Laienschauspieltruppe.

Michael Schäfers Magen drohte wieder zu rebellieren, als er an die Zeit zurückdachte.

Chris spielte sich nicht nur stets als Regisseur auf, sondern gestaltete die Stücke auch so, dass er fast ausschließlich die tragende Hauptrolle spielte. Er selbst hingegen erhielt fast immer die Rollen, die ihn als Verlierer oder tragischen Clown dastehen ließen.

Alexandra Bleyer war diejenige, die ihn oft mit einem liebevollen Lächeln aus seinem zugedachten Schlamassel herausholte.

Da Christian Stohr allerdings nach einiger Zeit offiziell um sie geworben hatte, sie seinem Werben letztendlich auch noch nachgab, sah Michael für sich nur die eine Option, sich von der Clique zu verabschieden.

Die Worte von Chris an die beiden anderen hatte er noch lange Zeit in den Ohren, als er seinen Abschied aus der Schauspieltruppe bekannt gegeben hatte.

Wir werden diesen Verlust schon verschmerzen, meinte er damals, wobei er das Wort Verlust in seiner bekannten Art und Weise besonders betonte.

Die Stimme Christian Stohrs riss den Journalisten aus seinen Gedanken.

„Na, alter Junge, wie geht's Dir denn so? Trauerst Du den alten Zeiten mit Deinen Freunden noch nach?"

Michael blickte an Christian vorbei auf Alexandra Bleyer, die inzwischen neben ihm stand. Es blieb seinen Augen nicht verborgen, dass Alex, wie sie damals von allen immer nur genannt wurde, ganz verspielt an einem Ring an ihrer linken Hand drehte, als sie sich an Christian Stohrs Seite lehnte.

„Ich sehe, Du bist noch immer mit diesem Kotzbrocken zusammen", sprach er sie an.

Geld kommt eben immer zu Geld, fügte er in Gedanken noch hinzu.

Alexandra zuckte kurz zusammen, wusste in diesem Augenblick nichts auf die verbale Attacke zu erwidern.

„Oho, nun aber mal langsam, mein Freund", wurde ihr die Antwort sogleich von Christian abgenommen. „Nur kein Neid. Alex kann wohl am allerwenigsten dafür, dass Du nicht mehr dabei bist. Soweit ich mich erinnern kann, bist Du von selbst abgehauen."

Michael Schäfer reckte sich und seine Augen sahen seinem Gegenüber scharf ins Gesicht. Da Christian Stohr etwas kleiner war als er selbst, musste er den Blick sogar etwas senken, was ihm in diesem Moment ein kleines Gefühl der Überlegenheit gab.

„Richtig", sprach er mit scharfem Unterton. „Den Freund kannst Du Dir allerdings sparen, denn das waren wir beide wohl nie. Alex trifft keine Schuld an meinem Entschluss. Sie war immer loyal zu jedem von uns. Egal, welche Rolle er in unserem Haufen spielte.

Deshalb kann ich es auch nicht verstehen, dass sie scheinbar nach wie vor an einem Idioten wie Dir hängt."

„Ach, sieh an", bemühte sich Christian ein Lachen hervorzubringen, als er demonstrativ seinen Arm um Alexandras Schultern legte.

„Den Herrn Schäfer plagt die Eifersucht. Na, dann wollen wir Dich mal nicht in Deinem Kummer stören.

Außerdem gehe ich davon aus, dass Du uns nicht nur aus reiner Neugierde mit Deiner Anwesenheit beehrst, sondern über den heutigen Abend berichten sollst?

Ich hoffe, dass Du die passende Lobeshymne aus Deinem Kugelschreiber heraus bringst. Oder arbeitest Du schon digital?"

Der Angesprochene ließ sich auf keine weitere Diskussion ein, wusste er doch, dass dies nichts bringen würde. Er atmete einige Male tief ein und aus, bevor er in den Augen Alexandras erstaunlich ruhig antwortete.

„Keine Bange, Chris. Ich verspreche Dir: Du wirst Deine gebührende Schlagzeile erhalten. Ich gehe davon aus, dass Du bei Eurem Krimidinner die Hauptrolle spielen wirst?"

„Klar doch", kam die Antwort in der für Michael Schäfer gewohnten Art und Weise.

Christian Stohr drängte seine Freundin in Richtung des Raumes, an dem sich die provisorische Garderobe befand, als er sich nochmals kurz zu seinem ehemaligen Klassenkameraden umdrehte und ihm zuwinkte.

„Die Leiche wird ein Anderer spielen, nachdem Du ja nicht mehr dabei bist."

Mit diesen Worten drehte er sich wieder um und ließ Michael einfach stehen, ohne noch eine mögliche Antwort von ihm abzuwarten. So verpasste er allerdings auch den Blick aus den zu schmalen Schlitzen zusammen gekniffenen Augen seines ehemaligen Schulkameraden.

7. Kapitel

Robert Markowitsch nahm Peter Neumann und Rolf Zacher etwas zur Seite, damit nicht jeder der anderen Gäste seinen Kommentar mitbekam.

„Dieser Presseheini scheint sich ja nicht nur bei uns unbeliebt zu machen", flüsterte er seinen beiden Begleitern zu.

Peter Neumann und der Leiter der KTU sahen ihn fragend an.

„Na, den Typen da vorne", versuchte er unbemerkt auf Michael Schäfer zu deuten. „Sie erinnern sich, Neumann? Der ist mir damals bei unserem ersten Fall in Nördlingen schon unangenehm aufgefallen. Er wollte doch glatt aus dem tragischen Unfall des Nördlinger Türmers einen Mord in die Schlagzeilen stricken."

„Aber das war es doch letztendlich auch", gab Neumann erstaunt zurück."

Mit einem langgezogenen „Ja" gab Markowitsch seinem Kollegen Recht.

„Das weiß ich, das wissen Sie und auch noch einige andere Eingeweihte. Mir missfällt allerdings die Art und Weise der Sensationsjagd dieser Schreiberlinge.

Aufreißer um jeden Preis zu fabrizieren scheint deren Lebensaufgabe zu sein. In meinen Augen hat das nichts mit seriöser Berichterstattung zu tun."

„Ich verstehe was Sie meinen, Chef. Aber diese

Leute werden immer irgendwie dort sein, wo wir am Ermitteln sind. Ich frage mich nur, warum er dann heute Abend hier ist. Ein Krimidiner ist doch wohl eher als gesellschaftliche Veranstaltung zu sehen."

Rolf Zacher fand es nicht gerade passend, dass an einem seiner wenigen freien Abende schon wieder über die Arbeit geredet wurde.

„Vielleicht will er Sie beide ja dazu bewegen, dass Sie beim Krimidinner ermitteln, um den Täter möglichst realistisch aus dem Verkehr zu ziehen", frotzelte er grinsend. „Das gäbe zwar nicht unbedingt eine spektakuläre, aber sicherlich doch eine interessante Schlagzeile für die Klatschspalte: **Augsburger Kriminalpolizei verhaftet während eines Krimidinners den Hauptdarsteller wegen Mordes**."

Rolf Zacher hielt sich den Bauch vor Lachen.

Markowitsch bedachte den Leiter der KTU mit einem seltsamen Blick.

„Das, mein lieber Zacher, lasse ich nur gelten, wenn Sie persönlich den Oberstaatsanwalt hierher zitieren. Diese verbale Auseinandersetzung wäre mir der Spaß vielleicht sogar wert."

„Dann wollen wir doch mal hoffen, dass es nicht wirklich dazu kommt, Markowitsch", deutete Rolf Zacher in die Richtung, in welche der Hauptkommissar vorhin zeigte.

Ein leiser Seufzer und leicht verdrehte Augen in dessen Gesicht verrieten in diesem Moment Überraschung und Unbehagen.

Michael Schäfer schlug geradezu zielstrebig die Richtung ein, in der sich die drei Kriminalbeamten aufhielten.

Der Chef der Augsburger Mordkommission schluckte. Demonstrativ sah er auf seine Armbanduhr, um im Zweifelsfalle irgendeine Ausrede parat zu haben, falls dieser unangenehme Vertreter der Lokalpresse ihn tatsächlich ansprechen würde.

Als Schäfer allerdings ohne auch nur das geringste Anzeichen einer Kontaktabsicht schnurstracks an den Beamten vorbei ging, atmete Markowitsch sichtlich auf.

Mit einem erleichtertem Lächeln sahen er und seine beiden Kollegen, wie sich der Journalist eines der auf einem Tisch bereitgestellten Getränke samt einem Glas griff, um sich kurz darauf in eine Ecke des Foyers zurückzuziehen.

„Gar keine schlechte Idee", unterbrach Peter Neumann die Gedanken seines Vorgesetzten. „Furchtbar trockene Luft hier drin, meinen Sie nicht auch, Chef?"

Nachdem Robert Markowitsch auch die Zustimmung in Rolf Zachers Gesicht zu lesen schien, gingen die drei Kriminalbeamten ebenfalls in Richtung des Tisches, um sich etwas Trinkbares zu holen.

Dem Kriminalhauptkommissar jedoch war noch immer etwas unwohl in seiner Haut, sodass er in der folgenden halben Stunde immer wieder in die Richtung blickte, in welche sich Michael Schäfer zurückgezogen hatte.

Markowitsch sah seine Sorge jedoch unbegründet, dass ihn dieser Mann heute Abend doch noch, mit was auch immer, behelligen würde.

Dem Kripochef kam es vor, als würde Schäfer angestrengt überlegen und schien dabei, sichtlich in Gedanken versunken, durch die anwesenden Gäste hindurchzusehen.

Markowitsch nahm einen Schluck Mineralwasser aus seinem Glas. Über den Rand hinweg bemerkte er, dass Michael Schäfer sein Getränk zur Seite stellte und sich in Richtung Treppenabgang begab.

In diesem Moment trat der Reimlinger Bürgermeister zu den drei Augsburgern und bat sie ihm kurz zu folgen, damit er ihnen die vorgesehenen Sitzplätze zeigen konnte.

„Kollege Steger legt besonderen Wert darauf, dass Sie entsprechend gute Sicht auf das Geschehen haben", sprach er. „Gehört ja auch irgendwie zu Ihrem beruflichen Alltag, alles ganz genau zu beobachten, oder?", fügte er noch lachend hinzu.

Robert Markowitsch nahm die Floskel gelassen hin und bedankte sich für die Bemühungen.

Als er gerade mit dem Gedanken spielte, sich mit seinen beiden Kollegen draußen noch kurz die Beine zu vertreten, war durch die gekippten Fenster ein markerschütternder Schrei aus dem Schlosshof zu vernehmen. Die Art und Weise veranlasste Markowitsch sofort, sich an Peter Neumann zu wenden.

„Das hört sich nicht gut an, Neumann. Ich nehme an, dass es hier in Reimlingen kein Schlossgespenst gibt. Wir sollten vielleicht einmal nachsehen, was da unten passiert ist.

Auch Rolf Zacher, der Leiter der kriminaltechnischen Abteilung, hatte den Schrei vernommen. Ebenso wie Markowitsch und Neumann stellte er sein Getränk beiseite und folgte den beiden Kriminalkommissaren in Richtung der Holztreppe, die ihn in den Schlosshof hinunterführte, während sich einige der anderen Anwesenden auf den kleinen Balkon begaben, um von oben ins Geschehen zu blicken.

8. Kapitel

Alexandra Bleyer kam aus der provisorischen Garderobe und lief in Richtung der Toiletten, als ihr von dort Johannes Kleinert entgegenkam.

„Wo ist Chris?", fragte sie ihn.

Der Angesprochene zuckte nur mit den Schultern und sah auf seine Uhr. „Er wollte nur noch schnell runter, eine rauchen."

„Ich geh ihn mal holen. Wir sollten den einen Dialog nochmal kurz durchgehen, bevor wir loslegen", antwortete Alexandra.

„Ist ok", sagte Johannes, „ich checke inzwischen nochmal die Requisiten."

Die junge Frau begab sich schnellen Schrittes zum Treppenabgang und hastete die Holzstufen hinunter.

Als sie aus der Türe, die zur Kulturetage hinaufführte, hinaustrat, nahm sie die kühle Abendluft wohlwollend zur Kenntnis.

Trotz dessen, dass sie mit ihren ehemaligen Schulfreunden nun schon längere Jahre als Laienschauspielerin arbeitete, machte sich vor den Auftritten noch immer die Nervosität bemerkbar.

Sie atmete einmal tief durch, um die angenehm frische Luft in ihre Lungen zu saugen.

Das Gewitter war weitergezogen und der dunkelblaue Himmel, der nur von einigen restlichen Wolken durchzogen war, tauchte das Schlossareal in ein teils romantisches, teils gespenstisches Licht.

Nachdem Alexandra den kurzen Weg um das Gebäude herum hinter sich gelassen hatte, sah sie sich einmal um. Unter den wenigen Gästen, die sich hier im Schlosshof befanden, konnte sie ihren Freund jedoch nicht entdecken.

Sie nahm an, dass er sich wohl im Schlossgarten aufhalten würde und so blieb sie kurz an der ersten der sieben steinernen Treppenstufen stehen und blickte auf die Anlage hinab.

Vor einigen Wochen lief im Augsburger TV-Sender die Folge einer Serie über „Gartenträume", in der über das Reimlinger Schlossareal berichtet wurde.

Von der herrlichen Blütenpracht und den ansprechenden bunten Sträuchern war zu der fortgeschrittenen Jahreszeit jedoch nicht mehr allzu viel vorhanden. Die Laubbäume streckten ihre bereits fast kahlen Äste dem herbstlichen Himmel entgegen und standen mitten in einem Teppich aus grünen und braunen Blättern.

Die Lavendelsträucher, welche den Weg zum Springbrunnen einsäumen, und auch die prächtigen Rosen, die bis vor kurzer Zeit noch mit ihrem Rot den Brunnen umrahmten, hatten ihre farbenfrohe Blüte verloren.

Seltsam, dachte Alexandra bei sich, *wie schnell sich die Natur innerhalb kurzer Zeit doch verändert.*

Auf viel mehr Details konnte sie sich jedoch nicht mehr einlassen, da erstens die einbrechende Dunkelheit die Sicht beeinträchtigte und zweitens die Zeit so kurz vor ihrem Auftritt drängte.

„Chris?", rief sie zunächst einmal mit nicht allzu lauter Stimme in die Parkanlage hinab.

Nachdem Alexandra jedoch keine Antwort erhielt, stieg sie vorsichtig die Stufen hinab, um nicht ins Stolpern zu geraten. Ein Unfall hätte so kurz vor Beginn der Vorstellung noch gefehlt. Sie entschied sich spontan, den Weg nach links einzuschlagen.

Nach wenigen Metern gabelte sich der Weg. Die junge Frau blieb kurz stehen, lauschte nach irgendwelchen Stimmen, doch vor ihr war alles ruhig.

Langsam ging sie weiter, kam an einigen hohen Bäumen vorbei, durch die man den Holzzaun erkennen konnte, der das Grundstück begrenzte. Der Weg führte sie weiter an Sträuchern und Buschwerk vorbei, bis an eine Stelle, an der zwei Stufen etwas nach oben führten.

„Chris?", rief sie erneut. „Bist Du da oben?"

Sie konnte von ihrem Platz aus nicht erkennen, wohin der Weg dort weiter führte. Nachdem sie jedoch auch vor sich keine Anzeichen auf irgendwelche Personen ausmachen konnte, überkam sie mit einem Mal eine seltsame Unruhe.

Alexandra fröstelte und sie fühlte, wie eine leichte Gänsehaut über ihren Körper kroch. Beinahe fremdgesteuert stieg sie die beiden steinernen Stufen hinauf. Nach nur wenigen Schritten entdeckte sie am Ende des kurzen Weges einen reglosen Körper am Boden. Schreckensstarr hielt die junge Frau inne, als sie erkannte, wen sie dort liegen sah.

„Chris?", flüsterte sie im ersten Moment mit erstickter Stimme.

Langsam ging Alexandra in die Hocke, fasste den

Körper an der Schulter, versuchte ihn umzudrehen, um das Gesicht zu erkennen. Obwohl sie schon an der Kleidung des Mannes erkannte, dass es sich um Christian Stohr handeln musste, so hoffte sie doch insgeheim, dass sie sich täuschte. Doch nur Sekunden später, als sie in das Gesicht ihres Freundes sah, wurde ihr augenblicklich klar, dass ein Toter vor ihr lag.

Mit ungläubigem Blick erfassten ihre Augen den blutverschmierten Brocken, der oberhalb von Christians Kopf lag.

Alexandra nahm ihn wie von Geisterhand geführt vom Boden auf und betrachtete ihn nur für Sekundenbruchteile. Als hätte sie sich an einem glühenden Eisen verbrannt, schreckte Alexandra zurück und warf den scharfkantigen Stein ins Gebüsch.

Sie konnte sich nicht halten und fiel nach hinten auf den feuchten Boden. Sie wollte schreien, doch kein einziger Ton kam über ihre Lippen. Wie zugeschnürt war ihre Kehle. Zitternd drehte sie sich um, kauerte zunächst schwer atmend auf allen Vieren, ehe sie sich erheben konnte.

Ungläubig blickte die Frau noch einmal über die Schulter zurück, in der Hoffnung, dass dies alles nur ein böser Traum war. Doch nachdem sie in das blutverschmierte Gesicht von Christian geblickt hatte, wurde ihr bewusst, dass sie sich in der grausamen Realität befand.

Augenblicke später zerriss ihr gellender Schrei die Stille des Reimlinger Schlossgartens.

9. Kapitel

Während Rolf Zacher neben dem leblosen Körper auf dem feuchten Boden kniete, wurde er von einem nachdenklichen Kriminalhauptkommissar dabei beobachtet, wie er ein paar Latexhandschuhe aus der Innentasche seines Jacketts holte.

„Sie können wohl nicht ohne Ihr Handwerkszeug, was, Zacher? Wie sieht's aus?", fragte Robert Markowitsch.

„Er ist tot", antwortete der Angesprochene mit etwas ironischem Unterton.

„Ach, was Sie nicht sagen", gab der Augsburger Kripochef zurück.

„Sie erwarten wie immer bereits zwei Minuten nach Auffinden der Leiche eine perfekte Diagnose, Markowitsch", kam die genervte Antwort des Polizeipathologen.

„Im ersten Moment kann ich Ihnen nur sagen, dass er offensichtlich erschlagen wurde. Wenn Sie endlich dafür sorgen würden, dass ich hier etwas Licht bekomme, könnte ich vielleicht demnächst etwas konkreter werden."

Robert Markowitsch blickte sich kurz um.

„Neumann", rief er einmal kurz nach unten in die sich zwischenzeitlich angesammelte Menschenmenge, die teils lautstark, teils betroffen diskutierend umher standen.

Der Kriminaloberkommissar nahm die beiden

Stufen mit einem großen Schritt und stand kurz darauf vor Robert Markowitsch.

„Wir brauchen Licht hier oben", ordnete er an. „Und sehen Sie zu, dass irgendjemand die Leute wegbringt, damit wir hier in Ruhe arbeiten können. Und holen Sie bitte auch Zachers Koffer aus unserem Wagen."

„Geht klar, Chef", sagte Peter Neumann und begab sich wieder nach unten, wo er sich einen Augenblick umsah.

Weitere Personen trafen nach und nach am Tatort ein, unter denen Peter Neumann nun auch den Reimlinger Bürgermeister sowie Martin Steger erkannte.

„Herr Langer", rief er den beiden Männern winkend entgegen, die nun auch schnellen Schrittes auf ihn zukamen. „Wir brauchen Licht dort oben", deutete er hinter sich auf die Stelle, an der sich seine beiden Kollegen befanden. „Können sie das bitte umgehend veranlassen?"

Franz-Josef Langer holte sofort sein Handy aus der Tasche und wischte einige Male über das Display, bevor er eine entsprechende Nummer auswählte.

„Verständigen Sie bitte auch einen Notarzt und die Kollegen der nächsten Polizeidienststelle. Ich möchte sichergestellt haben, dass keiner der Anwesenden das Gelände verlässt, bis sämtliche Personalien und Fingerabdrücke erfasst sind."

„Das übernehme ich", wandte sich der Nördlinger OB an seinen Reimlinger Kollegen, indem er ebenfalls sein Mobiltelefon hervorholte.

Es dauerte nur wenige Minuten, als man aus der Richtung des nahegelegenen Nördlinger Krankenhauses bereits das Signal eines Martinshorns vernehmen konnte.

Nur kurze Zeit später erhellten Blaulichter mehrerer Einsatzfahrzeuge von Polizei und Sanitätsdienst den zwischenzeitlich dunklen Himmel über dem Reimlinger Schloss.

Einige Beamte der Nördlinger Polizeiinspektion machten sich sofort daran, die Zugänge zum Schloss abzusperren, während andere dafür sorgten, dass die versammelten Schaulustigen zum Schloss zurückgeführt wurden.

Der eingetroffene Notarzt sowie zwei Sanitäter kümmerten sich in der Zwischenzeit um Alexandra Bleyer, die der Leiter der Augsburger Mordkommission unmittelbar nach seinem Eintreffen am Tatort in das Innere des Schlosses zurückbringen ließ.

Nachdem die von Franz-Josef Langer verständigten beiden Gemeindearbeiter inzwischen zwei Flutlichtstrahler aufgestellt hatten, hatten die Augsburger Beamten endlich die Möglichkeit, sich ausreichend die unmittelbare Umgebung des Tatorts anzusehen.

Peter Neumann trat aus einem Gebüsch hervor und ging zu Rolf Zacher, der mit seiner ersten Begutachtung der Leiche scheinbar fertig war. Er hielt ihm einen circa zwanzig Zentimeter großen Steinbrocken entgegen.

„Sollte es sich hierbei um Blut handeln", meinte er, „so dürfte dies wohl die Tatwaffe sein."

Zacher betrachtete sich den Stein für einen kurzen Augenblick.

„Der Kopfwunde nach zu urteilen, sieht es ganz danach aus", gab er zur Antwort.

Die beiden sahen Robert Markowitsch an, der nachdenklich vor sich hinstarrte. Schließlich hob er seinen Blick und meinte:

„Sorgen Sie dafür, dass sich alle Anwesenden im Saal versammeln, Neumann. Lassen Sie durch die Kollegen die Personalien feststellen und besorgen Sie sich die Gästeliste, sofern eine solche existieren sollte."

Zu Rolf Zacher gewandt fuhr er fort:

„Ich nehme an, dass sie den Mann morgen erst einmal auf Ihrem Tisch auseinandernehmen müssen, bevor ich von Ihnen eine genaue Aussage bekomme, Zacher."

Dieser nickte.

„Sie scheinen es langsam zu lernen, Markowitsch. Aber ich werde mich bemühen, dass Sie spätestens morgen Mittag meinen Bericht auf Ihrem Schreibtisch haben.

Außerdem müssen sich meine Kollegen den Tatort bei Tageslicht vornehmen, denn ich glaube nicht, dass wir in diesem Moment sehr viel mehr herausfinden können. Es ist das Beste, das ganze Gelände des Schlosses zunächst mal absperren zu lassen."

Robert Markowitsch nickte seufzend.

„Dann mal an die Arbeit. Schauen wir, dass es für uns keine allzu lange Nacht wird. Lassen Sie den Mann in Ihr Institut bringen, Zacher."

„Geht noch nicht", antwortete dieser.

Der Kriminalhauptkommissar sah Rolf Zacher an.

„Dienstweg", meinte dieser schulterzuckend.

Trotz der angespannten Situation rang sich Robert Markowitsch ein kurzes Lächeln ab.

„Richtig", meinte er mit einem schadenfrohen Blitzen in seinen Augen. „Neumann. Ist unser verehrter Herr Oberstaatsanwalt schon über den Vorfall unterrichtet?"

„Habe ich vor einigen Minuten angerufen, Chef", meinte der Kriminaloberkommissar. „Er war leider nicht abkömmlich, hat aber einen Kollegen verständigt, der ihn morgen über die Fakten informieren wird."

„Mal wieder typisch für Berger", kam Markowitsch' Antwort. „Erst hat er uns dieses Dinner hier eingebrockt und nun will er nicht mit uns essen kommen. Aber ich werde ihm das morgen zum Frühstück servieren."

10. Kapitel

Michael Schäfer saß in seinem Homeoffice und sonnte sich im Ruhm seines aktuellen Artikels.

Es waren zwar einige überzeugende Argumente notwendig, um diesen Artikel noch in der gleichen Nacht auf die Titelseite der Zeitung zu bringen, aber man hat ja so seine Beziehungen.

Er sagte sich immer: Nur Bares ist Wahres.

So machte er seine letzten Reserven locker, um den verantwortlichen Redakteur davon zu überzeugen, dass er einen wahren Hammer liefern würde.

Ein kurzes Nachhaken des Redakteurs an anderer Stelle bestätigte sein Angebot und so wurde der Aufmacher der Titelseite in letzter Minute noch geändert. Seit den frühen Morgenstunden stand Schäfers Telefon nicht mehr still. Jede Menge Angebote für einen Exklusivbericht wurden an ihn herangetragen und die gebotenen Honorare ließen seinen Stimmungspegel stetig ansteigen.

Tja, grinste der freie Journalist zufrieden vor sich hin. *Wer kann schon eine Exklusivstory über einen Mord liefern, wenn der Tote sozusagen noch warm ist. Und dies auch noch mit einem gestochen scharfen Foto vom Tatort.*

Natürlich schauderte es Michael Schäfer, wenn er an den vergangenen Abend zurückdachte. Aber er hatte sich trotz der äußerst knappen Zeitspanne sorgfältig davon überzeugt, dass er in diesen Minuten von niemandem beobachtet worden war.

Das Risiko, doch entdeckt zu werden, nahm er dabei auf sich. Skrupel konnte er sich in seinem Beruf nun mal nicht leisten. Da sah sich Michael Schäfer als einen, der sprichwörtlich über Leichen geht. Vor allem, da er dadurch nun endlich wieder die Möglichkeiten sah, zu den begehrtesten und am besten bezahlten in der Riege der freien Journalisten aufzuschließen.

Dass er mit ziemlich großer Wahrscheinlichkeit wieder Ärger mit den ermittelnden Behörden bekommen würde, nahm Schäfer dabei in Kauf. Solche Dinge gehörten zum alltäglichen Risiko dazu. Das Klingen der baren Münze, das letztendlich dabei herausspringt, würde ihn mehr als ausreichend dafür entschädigen. Immerhin kam er bisher meist damit durch, dass er sich auf die Pressefreiheit berief.

Michael, sagte er zu sich selbst, *das muss gefeiert werden.*

Trotz des noch frühen Vormittags erhob er sich von seinem Stuhl und ging zielstrebig auf seinen kleinen Kühlschrank zu, um sich ein gepflegtes kühles Bierchen zu genehmigen. Als er die Flasche geöffnet hatte und zum ersten Schluck ansetzte, klingelte erneut sein Telefon.

Frohgelaunt und wichtig meldete er sich bei seinem unsichtbaren Gegenüber und lauschte kurz dem Anliegen seines Gesprächspartners, das sich jedoch so ganz anders gestaltete, als er es in seiner Euphorie erwartet hatte.

Was er zu hören bekam, ließ ihn den Atem anhalten und sein Blut schien augenblicklich dick wie zähflüssiger Honig zu werden.

Mit zusammengekniffenen Augen hörte Schäfer zu, was der Anrufer zu sagen hatte, kaute dabei nervös an seiner Unterlippe.

Als das Gespräch schließlich beendet war, sah sich Michael Schäfer einem vereinbarten Termin gegenüber, den der Mann am anderen Ende der Leitung vorgeschlagen hatte.

Ein Blick auf die Uhr zeigte, dass nur wenige Stunden Zeit blieben. Er zermarterte sich regelrecht das Gehirn, um einen Ausweg aus dieser für ihn wahrlich unangenehmen Situation zu finden.

11. Kapitel

An diesem Samstag herrschte gereizte Stimmung in der Augsburger Mordkommission, als Robert Markowitsch sein Büro betrat.

Frank Berger saß an seinem Schreibtisch und der Blick, mit dem er den Hauptkommissar begrüßte, verhieß nichts Gutes.

„Verdammt, Markowitsch. Kann man Sie denn nicht mal auf eine Vergnügungsreise schicken, ohne dass Sie mir gleich wieder eine Leiche präsentieren?", tobte Berger sogleich los.

Robert Markowitsch hatte inzwischen seinen Mantel an den dafür vorgesehenen Garderobenhaken gehängt und wartete ab, bis der Augsburger Oberstaatsanwalt mit seiner *freundlichen Begrüßung* fertig war.

„Ihnen auch einen schönen guten Morgen, Herr Berger", brummte er. „Nach dieser Nacht brauche ich erst mal einen Cappuccino."

Er sah Frank Berger fragend an. „Sie auch einen?"

Dieser winkte jedoch wirsch ab.

„Bleiben Sie mir doch mit Ihrem Kaffee gestohlen, Markowitsch. Erklären Sie mir lieber, was da gestern Abend in diesem Reimlinger Schloss los war."

Der Kripochef schaltete den Kaffeeautomaten ein, nachdem er seine Tasse darunter platziert hatte.

„Es gab einen Toten", versuchte er so ruhig wie

möglich zu sagen. „So wie es aussieht, wurde der Mann erschlagen. Genaueres erfahren wir aber erst gegen Mittag, wenn Zacher uns seinen Bericht zukommen lässt und wir die Aussagen der Anwesenden von gestern Abend ausgewertet haben. Vorher könnten wir höchstens spekulieren."

Wütend erhob sich Frank Berger von seinem Platz.

„Ich kann Spekulationen nicht ausstehen, Herr Hauptkommissar", rief er ihm entgegen. „Das hat schon ein Anderer für Sie übernommen."

Zornesröte stand im Gesicht des Oberstaatsanwalts.

„Können Sie mir erklären, Markowitsch, wie das so schnell in die Zeitung kommen konnte? Dazu noch mit einem solchen Foto?"

Mit einem lauten Klatschen schlug der Oberstaatsanwalt die Samstagsausgabe der Augsburger Allgemeinen auf die Schreibtischplatte.

Reimlinger Krimidinner wird zur grausamen Wahrheit las Robert Markowitsch die Schlagzeile, die in großen Lettern auf der ersten Seite stand.

Die Augen des Kriminalhauptkommissars verengten sich augenblicklich zu zwei schmalen Schlitzen, als er weiter las:

Auch die als Gäste geladenen Kriminalbeamten der Augsburger Mordkommission konnten den gewaltsamen Tod des Schauspielers nicht verhindern.

Der folgende Artikel umrahmte ein Foto, das den leblos am Boden liegenden Christian Stohr mit eingeschlagenem Schädel zeigte.

„Dieser elende Schmierfink. Der wird mich kennenlernen", brachte er ärgerlich hervor.

Frank Berger winkte mit ausgestrecktem Finger ab.

„Das werden Sie mal schön bleiben lassen, Markowitsch", meinte er aufgebracht, „sonst muss ich mir nachher wegen Ihnen noch einen Angriff auf die Pressefreiheit nachsagen lassen."

Mit diesen Worten rannte Frank Berger fast zu Markowitsch' Büro hinaus und wäre auf dem Flur beinahe mit Peter Neumann zusammen gestoßen.

Etwas überrascht blieben die beiden Männer voreinander stehen und sahen sich für einen Moment an.

„Schönen guten Morgen, Herr Oberstaatsanwalt", reagierte Neumann als Erster wie gewohnt freundlich.

„Scheiß Morgen", erwiderte Frank Berger sichtlich genervt. „Da haben Sie sich ja so kurz nach Ihrer Beförderung ein richtiges Ei ins Nest gelegt, Herr Kriminaloberkommissar", überrumpelte er den Kripobeamten regelrecht mit angesäuerter Miene.

Als dieser ihn nur fragend anblickte, deutete Frank Berger mit dem Finger in Richtung Bürotür hinter sich.

„Gehen Sie nur rein und genießen Sie die Morgenlektüre auf Markowitsch' Schreibtisch. Nicht, dass Sie mir mit Ihrer guten Laune noch meine schlechte vertreiben", meinte er ironisch und ließ Peter Neumann stehen.

Dieser sah Frank Berger nur verdattert hinterher.

Als der Oberstaatsanwalt schließlich außer Sichtweite war, betrat Neumann das Büro.

„Morgen Chef", begrüßte er seinen Vorgesetzten, der inzwischen an seinem Schreibtisch Platz genommen hatte, etwas missmutig in seiner Kaffeetasse rührte und ohne den Kopf zu heben brummend den Gruß erwiderte.

Neumann deutete mit dem Daumen der rechten Hand hinter sich.

„Was ist denn dem heute schon für eine Laus über die Leber gelaufen?"

Der Hauptkommissar blickte auf und drehte gleichzeitig die vor ihm liegende Tageszeitung so, dass Peter Neumann die Schlagzeile auf der Titelseite lesen konnte.

„Heilige Scheiße", entfuhr es Peter Neumann etwas ungewohnt. „Jetzt verstehe ich, weshalb Berger mich eben auf dem Gang so angeblafft hat."

Markowitsch winkte ab.

„Denken Sie sich nichts dabei, Neumann. Ich habe mein Fett soeben auch schon weg bekommen. Irgendwie kann ich es ihm aber auch nicht verdenken. Er muss nun den Mist von gestern Abend der Presse gegenüber erst mal wieder ausbaden."

Peter Neumann rückte sich einen Stuhl zurecht und nahm Markowitsch gegenüber Platz.

„So wie ich Sie kenne, haben Sie die Zeugenaussagen sicherlich schon quergelesen. Irgendetwas Auffälliges dabei?"

Peter Neumann schüttelte verneinend den Kopf.

„Bei sämtlichen geladenen Gästen trifft es im Grunde genommen ein einziger Satz, Herr Markowitsch: Nichts gesehen, nichts gehört."

Der Leiter der Mordkommission breitete beinahe hilflos beide Hände aus.

„Super, Neumann. Das bringt uns ja schon ein ganzes Stück weiter", meinte er resignierend und ließ sich in seinen Sessel zurückfallen.

„Nichts, was bis auf eine Kleinigkeit meiner Meinung nach auf eine konkrete Spur hindeuten würde", vollendete Neumann seinen Satz.

„Und das wäre?", fragte er gespannt. In seinen Augen war nun so etwas wie ein kleiner Hoffnungsfunke zu erkennen.

„Zum einen die Aussage von dieser Alexandra Bleyer und zum anderen die Bemerkung, die Sie gestern Abend gemacht haben", kam Neumanns Antwort.

„Welche Bemerkung, Neumann?", wollte Markowitsch nun neugierig wissen. „Herrgott. Sie treiben mich noch zum Wahnsinn mit Ihrer Geheimniskrämerei."

„Ist ja gut", hob der erst kürzlich zum Kriminaloberkommissar beförderte Beamte beschwichtigend beide Hände.

„Sie stand zwar allen Anzeichen nach zu deuten noch unter Schock, erwähnte jedoch einen kurzen Streit zwischen dem Toten und diesem Michael Schäfer."

„Wer bitte ist dieser Michael Schäfer?", hakte Markowitsch nach.

Peter Neumann deutete mit seinem Zeigefinger auf den Zeitungsartikel, unter dessen Schlagzeile *exklusiv von Michael Schäfer* zu lesen war.

„Dieser Schmierfink", knurrte der Hauptkommissar und ballte seine Hand zu einer Faust. „Dem würde ich am liebsten die Leviten lesen, wenn Berger mir das vorhin nicht untersagt hätte. Aber Sie haben Recht, Neumann. Ich erinnere mich."

Robert Markowitsch dachte einen Moment lang nach, bevor er sich scheinbar zufrieden in seinem Sessel zurücklehnte.

„Wenn ich diesem Presseheini schon offiziell nicht auf die Füße treten darf, werde ich ihn mir eben als Zeugen vorladen."

Das Klingeln des Telefons unterbrach das Gespräch zwischen den beiden Beamten. Markowitsch sah auf dem Display die ihm bekannte Nummer und nahm den Hörer zur Hand.

„Hallo Herr Kollege", begrüßte er Rolf Zacher, auf dessen Rückmeldung er schon ungeduldig wartete. „Ich hoffe, dass Sie aufschlussreiche Informationen für mich haben."

Einige Sekunden der Stille vergingen, bevor der Pathologe antwortete.

„Leider noch nicht allzu viel Neues, Markowitsch. Tut mir leid, wenn ich Sie an dieser Stelle enttäuschen muss. Wie ich gestern Abend schon vermutet habe, wurde der Mann erschlagen. Der Wundbeschaffenheit nach zu urteilen, erwischte ihn der Schlag seitlich von hinten. Tatwaffe war der Stein, den Ihr Kollege dort im Gebüsch gefunden hatte. Das haben wir zweifelsfrei durch einen Blut-Schnelltest belegt. Die DNA-Analyse steht noch aus, dürfte den Test aber bestätigen."

Robert Markowitsch knirschte fast hörbar mit

den Zähnen.

„Nicht gerade erfreulich, was Sie mir da mitteilen, Doc. Gibt es sonstige Spuren, die auf den Täter hindeuten könnten? Hat sich das Opfer gewehrt? Haben Sie Fingerabdrücke auf der Tatwaffe gefunden? Irgendetwas muss doch zu finden sein. Ihr SpuSi-Menschen behauptet doch immer, dass vor Euch nichts verborgen bleibt."

„Drei Fragen auf einmal, Markowitsch. Die erste kann ich mit einem klaren „Jein" beantworten, da unter anderem auch die Auswertung von Stohrs Handy noch aussteht.

Die zweite Antwort lautet: nein, keine Abwehrspuren vorhanden. Der Angriff wurde wie schon erwähnt wohl überraschend von hinten ausgeführt.

Bei der dritten Frage muss ich Sie leider ebenfalls enttäuschen. Bei einem Stein mit dieser groben Oberfläche, wie es bei der Tatwaffe der Fall ist, bietet sich nahezu keine Chance, einen Fingerabdruck zu hinterlassen. Ein Vorteil des Täters, muss ich leider zugeben."

Der Kriminalhauptkommissar fluchte innerlich vor sich hin.

„Und was bedeuten dieses „Jein" und das „unter anderem" als Antwort auf die erste Frage?"

„Da muss ich Sie leider noch um etwas Geduld bitten", räumt Rolf Zacher ein.

„Die Kollegen konnten bedauerlicherweise erst heute Vormittag nach Reimlingen fahren, da sie bis vor kurzem noch mit einer anderen Sache beschäftigt waren. Leider können wir es uns nicht leisten, eine eigene Mannschaft für Sie auf Abruf bereit zu halten, Markowitsch. Ich werde mich aber jetzt ebenfalls auf den Weg machen, falls Sie mich nicht länger als nötig am Telefon festnageln."

Markowitsch sah bereits den missmutigen Blick von Frank Berger vor sich, wenn er ihm nachher diese Mitteilung weitergeben würde.

„Na schön, Zacher", antwortete er seufzend. „Aber machen Sie Ihren Jungs ruhig etwas Druck in dieser Angelegenheit. Nicht, dass mir der Fall verjährt ist, bis ich weitere Informationen von Ihnen bekomme. Spätestens morgen früh will ich Ergebnisse auf meinem Schreibtisch haben, damit mir mein Cappuccino besser schmeckt als heute."

Rolf Zacher musste am anderen Ende der Leitung heimlich grinsen.

„Sie wissen selbst am besten, Markowitsch, dass Mord nicht verjährt. Außerdem habe ich Ihnen noch immer so zeitnah als nur irgendwie möglich alles an Informationen zukommen lassen.

Sollten Sie jedoch Bedenken haben, dass Sie zwischenzeitlich in Pension sind, werde ich Sie höchstpersönlich im Altenheim besuchen, um Sie auf dem Laufenden zu halten. Was Ihren heißgeliebten Cappuccino angeht, so sollten Sie eventuell Ihre Maschine einmal entkalken."

12. Kapitel

Franz-Josef Langer, der Reimlinger Bürgermeister, stand im Hof des Schlosses und starrte auf die herbstliche Parkanlage hinab.

Als er vor knapp drei Jahren zum Bürgermeister der Gemeinde gewählt wurde, hätte er es sich niemals gedacht, dass sein Amtssitz einmal Schauplatz für Mord und Totschlag sein würde.

Er hoffte nur inständig, dass diese unglückselige Geschichte kein negatives Bild auf den Ort werfen würde. Im Umgang mit Gewaltdelikten hatte Langer bislang keinerlei persönliche Erfahrungen, die ihm in seinem Verhalten der Öffentlichkeit gegenüber nun hilfreich sein könnten.

Der Nördlinger Oberbürgermeister Martin Steger hatte am gestrigen Abend noch angeboten, ihm jederzeit mit kollegialem Rat und Tat zur Seite zu stehen, vor allem, was den Umgang mit der Presse betraf.

„In den vergangenen acht Jahren habe ich mir gewisse Angewohnheiten zugelegt, die mir das Handling dieser teilweise sensationsgierigen Leuten etwas vereinfachen", sagte er zu ihm.

Selbstverständlich hatte Franz-Josef Langer sich für das Angebot bedankt, jedoch selbstredend abgelehnt.

Als erster Mann in der Gemeinde würde er schon die entsprechend richtigen Formulierungen finden, auch wenn es angesichts der vor dem

Schlosstor wartenden Horde von Journalisten sicherlich nicht ganz einfach werden würde. Hätte er auch nur im Geringsten geahnt, was an diesem Abend hier im Schlosspark passieren würde, er hätte sich niemals darauf eingelassen, die Kulturetage des Anwesens zur Verfügung zu stellen.

Er schätzte es aber als Glück im Unglück, dass sich drei Beamte der Augsburger Kripo, und in diesem Falle sogar der Mordkommission, unter den Gästen befunden hatten.

Oberbürgermeister Steger hatte dafür gesorgt, dass sie als Ehrengäste geladen wurden, um deren Ermittlungsarbeit in den vergangenen Jahren bei der Verbrechensaufklärung in Nördlingen zu würdigen.

Der Reimlinger Bürgermeister hoffte nur inständig, dass die Erfolgsquote der Augsburger anhalten würde, damit diese unsägliche Straftat möglichst rasch und vollständig aufgeklärt werden konnte.

Franz-Josef Langer beobachtete, etwas nervös an seiner Unterlippe nagend, die Arbeit der Spurensicherung, deren Mitarbeiter sich vor wenigen Stunden hier eingefunden hatten.

In ihrer weißen Schutzkleidung untersuchten sie akribisch jedes Fleckchen des Schlossparks, kehrten dabei jeden Stein nach oben. Einer der Männer trug verschiedene, in Gips gegossene Fußspuren zum Fahrzeug, um diese in entsprechenden Behältern zu verstauen.

„Was glauben Sie, wie lange das hier noch dauern wird, Herr Langer?", wurde der Reimlinger Bürgermeister in diesem Moment aus seinen Gedanken gerissen.

Franz-Josef Langer drehte sich etwas irritiert um und sah sich dem Vorsitzenden des Fördervereins für das Reimlinger Schloss gegenüber. Er zuckte kurz mit den Schultern, bevor er antwortete.

„Ich habe ehrlich gesagt nicht die geringste Ahnung", meinte er und deutete dabei in die Richtung der Stelle, an der am vergangenen Abend der Schauspieler erschlagen aufgefunden wurde.

„Allerdings habe ich vom Kollegen Steger erfahren, dass die Leute aus Augsburg schnell und gründlich arbeiten."

„Dass dem so ist, kann ich Ihnen versichern, meine Herren", vernahmen die beiden Männer die Stimme Rolf Zachers hinter sich, der soeben in Reimlingen eingetroffen war.

„Rolf Zacher, Leiter der kriminaltechnischen Abteilung", stellte er sich den beiden vor.

„Bis wann dürfen wir dann Ihrer Meinung nach damit rechnen, dass das Schloss wieder für den Publikumsverkehr freigegeben wird?", wollte der Vorsitzende des Fördervereins wissen.

„Nach dem, was mir mein Mitarbeiter soeben geschildert hat denke ich, dass wir hier im Laufe des frühen Nachmittags fertig sein müssten", beruhigte Zacher den Mann.

„Allerdings vermute ich, dass es danach hier drin erst richtig los gehen wird", deutete der Pathologe hinter sich in Richtung Schlosstor.

„Da draußen wartet eine ganze Horde Journalisten nur darauf, dass sich das Tor öffnet und sie endlich mit ihren Kameras und Mikrofonen über Sie herfallen können."

„Diesem Los werden wir uns wohl nicht entziehen können", seufzte der Bürgermeister.

„Man könnte das Ganze etwas abmildern", meinte der Vorsitzende des Fördervereins. „Ich werde die Bande einmal komplett durch das gesamte Schloss führen und ihnen eine Runde Geschichtsunterricht verpassen.

Den Schlosspark hebe ich mir bis zum Schluss auf, wobei ich auf den gestrigen Abend nur in groben Zügen eingehen werde. So haben wir wenigstens etwas Werbung für unser Schloss, wenn auch leider mit einem sehr schalen Beigeschmack."

„Aber wie gesagt erst nachdem wir hier mit unserer Arbeit fertig sind", wies Rolf Zacher die beiden Männer noch einmal darauf hin. „Ich habe nämlich keine Lust, dieser Meute in die Fänge zu geraten."

13. Kapitel

Nachdem sich Robert Markowitsch wieder etwas beruhigt hatte, versuchte er zunächst einmal, seine Gedanken zu sortieren.

Bislang hatten sie noch nicht wirklich etwas Aussagekräftiges, auf das sich eine eventuelle Fahndung nach einem Verdächtigen aufbauen ließe. Ob eine Zeugenvernehmung dieses Journalisten sie zum jetzigen Zeitpunkt weiterbringen würde, bezweifelte er.

Außerdem war er kein Mann der vorschnellen Entschlüsse und seine persönliche Abneigung gegen diesen Mann wollte er in diesem Fall hintenan stellen. Der richtige Zeitpunkt, um diesem Typen auf die Finger zu klopfen, würde sich schon noch ergeben. Dessen war sich der Leiter der Augsburger Mordkommission sicher.

Er rief Peter Neumann, der sich zwischenzeitlich in sein Büro zurückgezogen hatte, zu sich.

„Haben Sie die Liste der Anwesenden von gestern schon durch, Neumann?", wollte er von seinem Kollegen erfahren.

„So gut wie, Chef", antwortete dieser. „Aber ich mache mir da im ersten Moment wenig Hoffnung auf Erfolg, da scheinbar keiner mit den Schauspielern näher oder gar persönlich bekannt war."

„Diese Antwort wollte ich nicht von Ihnen hören, Neumann", reagierte der Hauptkommissar sichtlich unerfreut.

„Nichts in Ihrem allzu schlauen Computer zu finden? Sie kriegen doch sonst immer irgendetwas Verwertbares aus dieser Kiste heraus."

„Schon", antwortete Peter Neumann. „Es gibt nicht allzu viel, das mir im Netz verborgen bleibt. Irgendwann finde ich immer eine Spur, sei sie auch noch so klein. Zum jetzigen Zeitpunkt allerdings kann ich Ihnen leider nichts anderes sagen. Tut mir leid, Chef."

Tut mir leid, tut mir leid", grummelte Markowitsch wiederholend den letzten Satz von Peter Neumann. „Das sind Worte, die ich aus Ihrem Mund nicht hören will, Herr Kriminaloberkommissar. Sind wir uns da einig?"

Robert Markowitsch deutete auf das Stück Papier, das vor ihm auf seinem Schreibtisch lag.

„Irgendjemand auf dieser Liste muss diese Schauspieltruppe doch engagiert haben. Finden Sie Den- oder Diejenige heraus. Wir brauchen erste Anhaltspunkte, damit wir irgendwo mit unseren Ermittlungen ansetzen können."

„Das ist bereits geschehen, Herr Markowitsch", gab Peter Neumann zur Antwort. „Allerdings bringt uns das auch nicht weiter, da die Veranstaltung auf Initiative von Herrn Steger geplant wurde. Mit der Organisation haben die Nördlinger eine regionale Veranstaltungsagentur beauftragt. Da gibt es meiner Meinung nach nichts, wo wir erfolgversprechend ansetzen könnten."

„Auch gut. Oder besser: Nicht gut", sprach Robert Markowitsch.

Er stand von seinem Schreibtisch auf, ging zum

Fenster und schaute anschließend auf seine Uhr.

„Dann fragen Sie Ihr schlaues EDV-System mal, ob es innerhalb der Gruppe irgendetwas gibt, das uns weiterbringen könnte. Und sorgen Sie mir bitte dafür, dass diese Schauspieler vorgeladen werden.

Heute will ich nichts mehr von dieser Geschichte hören, aber spätestens morgen Vormittag möchte ich einen nach dem anderen hier im Büro haben, Neumann."

„Das habe ich mir schon gedacht, Chef. Am Dienstag um zehn Uhr wird sich Alexandra Bleyer mit ihren Freunden hier in Ihrem Büro melden."

Die Mine des Hauptkommissars nahm nun wieder sanftere Züge an.

„So kenne ich Sie, Neumann. Angenehmen Feierabend wünsche ich Ihnen."

„Wird wohl eher eine arbeitsreiche Nachtschicht werden", meinte dieser leise seufzend.

14. Kapitel

Der Montag verlief in der Augsburger Mordkommission mit Routinearbeit, so wie es sich in diesen Fällen meist darstellt.

Robert Markowitsch koordinierte die bis dahin eher spärlichen Ermittlungsergebnisse, während er Peter Neumann damit beauftragte, weitere Erkundigungen über die Schauspieler einzuholen.

Am folgenden Tag betrat Oberstaatsanwalt Frank Berger nach einer äußerst hitzigen Pressekonferenz sein Büro im Augsburger Strafjustizzentrum.

Der eigentliche Anlass war das Urteil im Augsburger Polizistenmord, der seit Monaten durch die Schlagzeilen ging.

Nachdem Berger schon geglaubt hatte, das über eine halbe Stunde andauernde Gespräch mit den Vertretern der Presse endlich hinter sich zu haben, stellte ihm eine Journalistin einer Lokalzeitung die Frage, von der Frank Berger insgeheim gehofft hatte, dass diese nicht angesprochen würde.

„Wie weit sind Sie mit Ihren Ermittlungen im Mordfall Christian Stohr, Herr Oberstaatsanwalt?"

Dieser versuchte, die Situation mit seiner ganzen Routine zu meistern.

„Die Ermittlungen laufen, aber Sie werden verstehen, dass ich zu diesem frühen Zeitpunkt in dieser Sache noch keine detaillierten Angaben machen kann."

„Das heißt", fuhr die Fragestellerin fort, „dass

Sie und die Kriminalpolizei noch im Dunkeln tappen?"

Frank Berger schluckte diesen Seitenhieb in gewohnter Manier, ehe er antwortete.

„Nein. Das bedeutet im vorliegenden Fall lediglich, dass von den ermittelnden Kollegen der Mordkommission und der kriminaltechnischen Untersuchungsabteilung noch nicht alle Spuren, die sich seit der Tat im Reimlinger Schlosspark ergeben haben, ausgewertet werden konnten."

„Wann rechnen Sie denn mit ersten Ergebnissen?", kam eine weitere Frage aus den Reihen der Pressevertreter.

KHK Markowitsch und sein Team wurden von mir angewiesen, alle zur Verfügung stehenden Maßnahmen zu ergreifen, damit dieses Verbrechen schnellst möglichst aufgeklärt wird. Weitere Einzelheiten werde ich Ihnen zu gegebener Zeit selbstverständlich mitteilen."

Mit diesen Worten hatte der Augsburger Oberstaatsanwalt seine Unterlagen zusammengepackt und sich von der Pressekonferenz verabschiedet.

Nun saß er also an seinem Schreibtisch und dachte über das nach, was er vor wenigen Minuten der Öffentlichkeit gegenüber gesagt hatte.

Noch nicht alle Spuren ausgewertet murmelte er vor sich hin, wobei sein Blick das vor ihm stehende Telefon regelrecht fixierte. *Hoffentlich habe ich mich da nicht zu weit aus dem Fenster gelehnt*, sprach er weiter zu sich selbst, während er nach dem Hörer griff und energisch eine ganz bestimmte Kurzwahl tippte.

Frank Berger zählte in Gedanken mit.

… dreimal, viermal, fünfmal, sechsmal …

Erst beim siebten Summton aus dem Hörer wurde am anderen Ende der Leitung abgehoben.

„Kriminalkommissariat eins, Augsburg, Mordkommission, Büro von Hauptkommissar Markowitsch. Peter Neumann am Apparat, ich …", hörte der Oberstaatsanwalt eine ihm durchaus bekannte Stimme, die er aber sofort unterbrach.

„Weshalb dauert das denn so lange, bis bei Ihnen jemand ans Telefon geht, Herr Neumann?", blaffte er etwas unwirsch in den Hörer.

„Oberstaatsanwalt Berger hier. Ist der Alte selber nicht im Haus?", wollte er wissen.

Einige Sekunden der Stille vergingen.

„Der Alte wird Ihnen gleich etwas erzählen, wenn Sie ihn noch einmal so nennen, Berger", vernahm dieser die Antwort, die etwas entfernt aus dem Hörer an sein Ohr drang.

„Haben Sie etwa den Lautsprecher an, Herr Neumann", hörte der Kriminaloberkommissar.

„Darauf wollte ich Sie gerade noch hinweisen, aber Sie haben mich ja unterbrochen", kam prompt die Antwort.

Frank Berger glaubte förmlich, das Grinsen in Robert Markowitsch' Gesicht zu erkennen, als er dessen Stimme erneut aus dem Hintergrund vernahm.

„Auch gut, lassen wir das", meinte er noch. „Ich komme gerade aus einer Pressekonferenz, auf der es einige der Anwesenden natürlich mal wieder nicht unterlassen konnten, ungelegte Eier zu suchen, wenn Sie verstehen, was ich meine."

„Sie sprechen vom Mordfall im Reimlinger Schloss, wie ich vermute?", fragte Robert Markowitsch, der nun den Hörer in die Hand genommen hatte.

„Erraten, Markowitsch", kam Frank Bergers Antwort. „Ich hoffe nur, dass Sie mir inzwischen einige neue Details zum Stand der Ermittlungen sagen können."

„Im Augenblick gibt es leider noch nicht mehr, als das, was wir sowieso schon wissen", antwortete der Leiter der Mordkommission. „Die KTU konnte uns bisher nur bestätigen, dass dieser Christian Stohr mit dem Stein, den wir unweit neben dem Tatort im Gebüsch gefunden haben, erschlagen wurde. Es gibt laut Aussage von Zacher aus kriminaltechnischer Sicht momentan keine weiteren Spuren, die einem Täter zuzuweisen wären."

„Super", meinte Frank Berger missmutig. „Das ist genau das, was ich im Augenblick am meisten gebrauchen kann. Bringen uns die Zeugenaussagen irgendwo weiter?"

„Damit werden wir morgen früh als erstes beginnen, wenn man uns nicht gerade mit irgendwelchen lästigen Fragen von der Arbeit abhält", sprach der Hauptkommissar.

„Dann lassen Sie sich nicht aufhalten, meine Herren", vernahm er die Antwort aus dem Hörer. „Ich erwarte spätestens morgen nach der Mittagspause Ihren Bericht.

Meine Idealvorstellung dabei wäre natürlich, dass Sie mir dann schon eine schuldige bzw. wenigstens eine hauptverdächtige Person nennen können, Markowitsch."

„Ihre Vorstellungskraft in allen Ehren, Herr Oberstaatsanwalt", meinte der Hauptkommissar.

„Aber es soll ja durchaus auch Menschen geben die sich vorstellen können, dass jemand übers Wasser laufen kann."

„Sie gehen mir auf die Nerven mit ihren zweideutigen Späßen, Markowitsch, wissen Sie das?", waren die letzten Worte von Frank Berger, ehe er den Hörer auflegte und das Gespräch beendete, ohne eine weitere Antwort seines Gesprächspartners abzuwarten.

Einmal tief ein- und wieder ausatmend schob er seine Unterlagen auf dem Schreibtisch zur Seite, um sich mit einem Seufzer dem kleinen Berg an Post zu widmen, der sich vor ihm auftat.

Neben der üblichen Fachliteratur, einigen Briefen und der täglichen Unterschriftenmappe fiel sein Augenmerk auf einen kleinen, wattierten Umschlag, der unter der Anschrift „Staatsanwaltschaft Augsburg", den Zusatz „Oberstaatsanwalt Frank Berger persönlich" aufwies.

Nachdem auf dem Postweg schon öfter ungewöhnliche und auch gefährliche Vorgänge getätigt wurden, hatte man auch in der Posteingangsstelle des Strafjustizzentrums entsprechende Vorsichtsmaßnahmen eingeleitet.

Frank Berger entnahm dies einem aufgedruckten Vermerk „Auf Sicherheit geprüft".

Er ließ den Umschlag mehrmals zwischen seinen Fingern hindurchgleiten, tastete ihn sorgfältig ab, konnte sich dadurch jedoch im ersten Moment nicht über den Inhalt Klarheit verschaffen. Er riss den Klebeverschluss vorsichtig auf und entleerte das Kuvert auf die große Schreibunterlage, auf der sich auch sein Notebook befand. Etwas überrascht betrachtete sich der Oberstaatsanwalt den Gegenstand, der nun vor ihm lag.

Es handelte sich um einen scheinbar handelsüblichen USB-Stick, auf dessen Inhalt sich Frank Berger nun gespannt zeigte. Trotz seiner brennenden Neugier widerstand er dem Drang, den Datenträger sofort an seinem Notebook anzustecken.

Mit einem kurzen Anruf in der IT-Abteilung beorderte er einen Mitarbeiter der EDV zu sich ins Büro, der auch nur wenige Minuten darauf an der Tür klopfte und nach der Aufforderung des Oberstaatsanwalts eintrat.

„Was kann ich für Sie tun, Herr Berger?", kam die Frage des Technikers.

Frank Berger hielt ihm den Stick entgegen.

„Nachdem ich einmal annehme, dass es sich hierbei nicht um das Geschenk einer Verehrerin handelt, möchte ich Sie bitten, das Ding auf eine eventuelle Vireninfektion zu prüfen."

„Kein Problem", meinte der EDV-Mitarbeiter. „Ich nehme den Stick mit runter in die IT. Dort werde ich ihn auf einem separat gesicherten System überprüfen. Sie haben ihn in ein paar Minuten zurück."

„Nur prüfen, nicht anschauen", mahnte Frank Berger den EDV-Kollegen.

„Selbstverständlich, Herr Oberstaatsanwalt. Sie können sich darauf verlassen."

Wie angekündigt, erschien der Mitarbeiter nur kurze Zeit später schon wieder in Frank Bergers Büro.

„Laut unserem System ist das Teil sauber", meinte er, übergab dem Oberstaatsanwalt den USB-Stick samt zugehörigem Prüfprotokoll und verabschiedete sich wieder.

Nachdem Frank Berger den Rest der Post erledigt hatte, steckte er den Stick in seine Aktentasche. Er wollte sich den Inhalt am Abend in aller Ruhe zu Hause ansehen und bereitete sich nun auf seine weiteren Termine an diesem Tag vor.

Als er Stunden später nach dem Abendessen in seinem Wohnzimmer Platz genommen hatte, griff er sich sein Notebook, startete dies, meldete sich am System an und steckte den Stick in einen der dafür vorgesehenen Anschlüsse.

Nachdem ihm auf dem Display eine entsprechende Meldung angezeigt wurde, öffnete er das Laufwerk und fand darin eine Videodatei vor.

Gespannt startete der Oberstaatsanwalt die Datei und bekam etwas zu sehen, das ihm zunächst einmal die Sprache verschlug.

15. Kapitel

Alexandra Bleyer, Johannes Kleinert und Maximilian Karbacher wurden von Peter Neumann in Markowitsch' Büro geführt.

Die beiden Kriminalbeamten hatten zunächst darauf verzichtet, die Zeugenbefragung in dem eigentlich dafür vorgesehenen Raum durchzuführen.

Mit Rücksicht auf den Verlust wollte man den Freunden des ermordeten Christian Stohr nicht den üblichen sterilen Verhörraum zumuten. Dies entsprach zwar nicht dem normalerweise geltenden Ablauf einer Vernehmung, jedoch stellte man in diesem Fall den menschlichen Aspekt vorne an.

Nachdem Robert Markowitsch Alexandra Bleyer und den beiden Männern sein Beileid ausgesprochen hatte, bot er ihnen zunächst einen Kaffee an, der von allen dreien auch dankend angenommen wurde. Anschließend stellte der Kriminalhauptkommissar der Vollständigkeit halber noch einmal die Personalien der drei Personen fest, bevor er seine erste Frage an die junge Frau richtete.

„In welchem Verhältnis standen Sie zu Christian Stohr?", fragte er und vermied es dabei bewusst, den Ausdruck „zu dem Ermordeten" zu gebrauchen.

Er wollte bei dieser Frau ganz zu Beginn nicht noch mehr Emotionen hervorrufen, als es durchaus schon den Anschein hatte.

Die zwar ganz in schwarz, aber dennoch modern

gekleidete Frau antwortete fast tonlos.

„Wir waren seit über zwei Jahren verlobt", entgegnete sie. „Christian und ich hatten uns darauf geeinigt, dass wir mit der Hochzeit warten wollten, bis wir uns über unsere berufliche Zukunft im Klaren sind.

Die Schauspielerei haben wir zunächst nur als Hobby neben unserem Studium betrachtet, um uns so etwas Geld hinzuzuverdienen, uns ein wenig Luxus zu leisten."

Peter Neumann blickte von seinem Tablet auf.

„Korrigieren Sie mich bitte, wenn ich falsch liegen sollte", meinte er, „aber soweit meine ersten Recherchen ergeben haben, stammte Ihr Verlobter aus nicht gerade ärmlichen Verhältnissen. Hatte er es denn nötig, sich Geld hinzu verdienen zu müssen?"

Alexandra Bleyer setzte sich aus ihrer bis dahin fast versunkenen Haltung aufrecht hin.

„Sie müssen wissen, dass Christians Vater zwar nicht unvermögend ist, sein Geld aber auch nicht sinnlos in irgendetwas investiert. Jede Arbeit hat ihren Wert, sagte er immer, doch dazu muss sie erst einmal geleistet werden.

Aus diesem Grund finanzierte er zwar das Studium von Chris mit einem gewissen Unterhalt, aber um die sogenannten Extras im Leben sollte er sich selbst kümmern."

Sie deutete auf ihre beiden Freunde.

„Nachdem wir drei auch nicht gerade mit Reichtum gesegnet wurden, haben wir uns nach reiflicher Überlegung dazu entschlossen, das Laienschauspiel aus unserer Schulzeit wieder aufzunehmen und wenn möglich auszubauen."

Peter Neumann richtete sich nun an Johannes Kleinert.

„Wenn ich mir die Veranstaltungstermine auf Ihrer Homepage so betrachte, scheinen Sie in den letzten Monaten ja ganz gut gefragt zu sein. Bleibt Ihnen denn da noch genügend Zeit und Antrieb fürs Studium?"

„Ja", antwortete der Angesprochene.

„Es läuft ganz gut in letzter Zeit. Deshalb haben wir uns untereinander auch darauf verständigt, dass wir notfalls das eine oder andere Semester hinten dran hängen, um das Ganze nebenbei auch noch etwas zu genießen. Schließlich sind wir nur einmal jung und das Leben ist zu kurz, um nur auf den Fokus Arbeit und Geldverdienen zu setzen."

„Ein Argument, das in Ihrem Alter heutzutage durchaus nachvollziehbar ist", warf Robert Markowitsch dazwischen. „Trotzdem würde es mich interessieren, ob es zwischen Ihnen untereinander immer so reibungslos ablief."

Fragende Blicke trafen den Hauptkommissar.

„Wir haben uns natürlich etwas über Sie erkundigt", nahm Peter Neumann seinem Vorgesetzten die Antwort ab. „Jedenfalls, sofern es uns in der Kürze der Zeit möglich war.

Meine zugegebenermaßen kurzfristigen Nachforschungen haben ergeben, dass Sie anfangs in einer anderen Besetzung begonnen hatten."

Nun war es an Robert Markowitsch, seinen fragenden Blick auf seinen Mitarbeiter zu richten.

Mit einer kurzen Kopfbewegung forderte er Peter Neumann auf, ihm nach nebenan zu folgen.

„Sie entschuldigen uns bitte für einen Moment", unterbrach er das Gespräch.

Nachdem er die Tür in das Nebenzimmer seines Büros hinter sich und Peter Neumann geschlossen hatte, zischte er dem Kriminaloberkommissar auch schon entgegen.

„Wieso weiß ich nichts davon, Neumann, dass es scheinbar noch einen weiteren Mitspieler in dieser Truppe gibt?"

„Gab", korrigierte Peter Neumann den verbalen Angriff seines Vorgesetzten. „Ich habe gestern Abend noch einen ehemaligen Schulkameraden von unseren drei Gästen da drüben befragt. Dabei kam heraus, dass es zwischen Christian Stohr und dem ehemaligen Mitschüler aus der Gruppe zuletzt immer wieder zu teils heftigeren Streitigkeiten kam."

„Deren Grund da wäre?", fragte Robert Markowitsch ungeduldig. „Mensch, Neumann. Ihre Erklärungen ziehen sich immer dahin wie ein frischer Kaugummi zwischen Ihren Zähnen."

„Alexandra Bleyer", kam die Antwort Peter Neumanns. „Sie hatte anscheinend nicht nur den ermordeten Christian Stohr als Verehrer."

„Frauengeschichten", stöhnte Markowitsch.

„Dass das auch nie aufhört. Liebeleien scheinen immer noch ein äußerst attraktives Mordmotiv zu sein."

„Das kann ich nicht behaupten, Herr Markowitsch", antwortete Peter Neumann. „Bisher gibt es noch keinen Hinweis darauf, dass dies in einem Zusammenhang mit der Ermordung Christian Stohrs steht."

„Was sollte dann diese Anspielung eben?", rätselte der Hauptkommissar.

„Weil sich dies noch ändern kann, wenn Sie erst einmal wissen, bei wem es sich um diesen ehemaligen Mitschüler handelt", antwortete Peter Neumann zweideutig.

Robert Markowitsch schien so langsam aber sicher der Geduldsfaden zu reißen.

„Wir haben noch einiges an Arbeit vor uns, wenn ich an die Herrschaften nebenan in meinem Büro denke, Neumann. Wenn Sie jetzt nicht auf der Stelle mit Ihren Zweideutigkeiten aufhören und mir sagen, was Sie wissen, lasse ich Sie noch heute versetzen und mit Notizblock und Kugelschreiber vom Königsplatz bis zum Hauptbahnhof Strafzettel verteilen."

Der Kriminaloberkommissar wusste nun, dass Robert Markowitsch kurz davor war, zu explodieren.

„Michael Schäfer", offenbarte er seinem Vorgesetzten den Namen, den er am vergangenen Spätnachmittag noch erfahren hatte.

Dem Leiter der Mordkommission fiel die sprichwörtliche Kinnlade herab.

„Können Sie das bitte noch mal wiederholen, Neumann?", fragte er im ersten Moment ungläubig.

„Sie haben mich schon richtig verstanden, Chef", antwortete Peter Neumann. „Michael Schäfer war Mitglied der schulischen Schauspielgruppe und auch noch einige Zeit danach. Erst als es scheinbar zu

Streitigkeiten zwischen ihm und Christian Stohr kam, verließ er die Gruppe."

„Gibt es auch einen Grund dafür?", hakte Markowitsch nach.

Peter Neumann nickte.

„Wenn man den Aussagen eines ehemaligen Mitschülers Glauben schenken darf, war wohl Beziehungsstress der Auslöser."

Robert Markowitsch steckte seine linke Hand in die Hosentasche und griff mit der Rechten nach der Türklinke.

„Das würde im Moment bedeuten, dass Schäfer einen handfesten Grund gehabt hätte, um Christian Stohr an die Gurgel zu springen und sich somit zu einem Hauptverdächtigen zu machen.

Unser Herr Oberstaatsanwalt würde sich glücklich schätzen, wenn dem so wäre. Wollen wir doch mal in Erfahrung bringen, was an dieser Vermutung dran ist."

Entschlossen betraten die beiden Kriminalbeamten wieder das Büro nebenan.

Robert Markowitsch wollte mit einem Blick auf Alexandra Bleyer gerade zu einer weiteren Frage ansetzen, als das Telefon auf seinem Schreibtisch läutete. Peter Neumann, der sich direkt neben dem Schreibtisch befand, erkannt die Nummer auf dem Display.

„Das ist Berger", sagte er und sah den Hauptkommissar dabei an.

„Der hat schon ein Händchen dafür, immer im richtigen Augenblick zu stören", seufzte Markowitsch und hielt seine Frage zurück.

„Gehen Sie ran und fragen Sie ihn, was er will."

Peter Neumann griff nach dem Hörer und meldete sich.

„Sie sind noch mit Ihrer Befragung beschäftigt?", hörte er den Oberstaatsanwalt.

„Ja", antwortete Peter Neumann die Frage.

„Dann sorgen Sie bitte dafür, dass ich die Herrschaften noch in Ihrem Büro antreffe, wenn ich in ein paar Minuten bei Ihnen bin. Meinetwegen soll Markowitsch noch eine Runde seines Cappuccinos ausgeben."

„Geht in Ordnung, Herr Berger. Kein Problem, wir sind mittendrin."

Peter Neumann vernahm das leise Geräusch durch den Hörer, das darauf hindeutete, dass Frank Berger das Gespräch beendet hatte.

Robert Markowitsch sah ihn fragend an.

„Was wollte er?"

Peter Neumann zuckte nur mit den Schultern.

„Keine Ahnung, hat er mir nicht gesagt. Wir werden es sicherlich in ein paar Minuten erfahren. Herr Berger ist auf dem Weg hierher."

„Er hat keine Andeutungen gemacht?", wollte Markowitsch wissen.

„Nein", kam Peter Neumanns Antwort mit einem leichten Lächeln über die Lippen. „Nur, dass Sie uns in der Zwischenzeit einen Cappuccino servieren sollen."

Robert Markowitsch verstand im Moment überhaupt nichts mehr. Was wollte der Oberstaatsanwalt mit seiner Geheimniskrämerei bezwecken?

16. Kapitel

In Reimlingen verbreitete der gewaltsame Tod eines Menschen zunehmende Angst und Unsicherheit unter den Einwohnern. Nicht nur deshalb, weil sich das Verbrechen auf dem Gelände des Schlosses ereignet hatte. Niemand konnte sich bis zu diesem Zeitpunkt einen Reim darauf machen.

Eine offizielle Stellungnahme von Polizei oder Bürgermeister gab es bisher nicht, was unter der Bevölkerung natürlich zu diversen Spekulationen führte. Das Spektrum dieser Spekulationen reichte von einer Beziehungstat bis hin zum Raubüberfall.

Nachdem der Leiter der kriminaltechnischen Abteilung das Gelände des Schlosses wieder für seine ursprüngliche Bedeutung freigegeben hatte, konnte sich der Reimlinger Bürgermeister Franz-Josef Langer an diesem frühen Morgen in seinem Büro vor Anrufen kaum retten.

Immer wieder beteuerte er seinen Mitbürgerinnen und Mitbürgern gegenüber, dass er bis dato keine näheren Informationen erhalten hätte. Die Frage, ob es zumutbar wäre, die Kinder in die direkt neben dem Schloss gelegene Schule bzw. den Kindergarten zu schicken, verneinte er vehement.

„Ich sehe momentan keinen Anlass dafür, dass es in dieser Hinsicht irgendwelche Sicherheitsbedenken gibt", betonte er immer wieder. „Es handelt sich zwar leider um ein Gewaltverbrechen, jedoch kann von irgendeinem Verrückten, der wahllos mordet, keine Rede sein."

Zum x-ten Male legte Franz-Josef Langer den Hörer zurück auf das Telefon. Nach einer kurzen Überlegungspause entschloss er sich dazu, eine Sonderausgabe des Gemeindeblattes aufzusetzen und diese umgehend an die Bevölkerung verteilen zu lassen.

Es fiel ihm schwer, den in Gedanken formulierten Text in seinen Computer zu tippen, da er immer wieder diesen unsäglichen Abend des Verbrechens vor Augen hatte. Auch machte er sich insgeheim Vorwürfe, dass er seine Kollegen bei der Bürgermeisterversammlung im Landratsamt dazu überredet hatte, die von Martin Steger vorgeschlagene Veranstaltung im Reimlinger Schloss abzuhalten.

Sehen Sie das Ganze als dankbare Geste meiner Gemeinde dafür, dass wir im Gegensatz zu Ihrer Stadt bisher von Kapitalverbrechen verschont geblieben sind, hörte er sich wie durch einen Schleier sagen.

Der Nördlinger Oberbürgermeister würde bestimmt noch auf diese Formulierung zurückkommen, dessen war sich Franz-Josef Langer sicher. Er sah sich und seine Gemeinde bereits im Fokus einer besserwissenden Horde von Bürgermeistern, Stadt- und Gemeinderäten.

Es graute ihm vor den Schlagzeilen, die man in den nächsten Tagen unweigerlich vor Augen haben würde. Er sah die Präsenz des Schlosses in der Presse zwar im Grunde genommen meist positiv für das Gemeinwohl von Reimlingen, in diesem Fall jedoch würde er liebend gerne darauf verzichten.

Immer wieder unterbrachen diese Gedanken seine Konzentration auf das Verfassen des Gemeindeblattes.

Hoffentlich sind wenigstens Ginzlers Filmaufnahmen etwas geworden, dachte er in diesem Augenblick bei sich. So könnten wir dem Ganzen wenigsten eine Kleinigkeit an Positivem abgewinnen. Der Bürgermeister unterbrach seine Schreibtätigkeit, griff zum Telefon und wählte die Nummer von Klaus Ginzler.

Nachdem auch nach dem zehnten Durchläuten am anderen Ende der Leitung nicht abgenommen wurde, entschloss sich Franz-Josef Langer, dem Mann einen persönlichen Besuch abzustatten. Etwas Ablenkung würde sich bestimmt positiv auf seine momentane Stresssituation auswirken.

Da sich Ginzlers Wohnung in einem am Südhang gelegenen Mehrfamilienhaus befand, entschloss sich Langer dazu, die Strecke zu Fuß zurückzulegen. Er sperrte den PC, erhob sich von seinem Platz und verließ sein Amtszimmer.

Nachdem er die Tür abgeschlossen hatte, trat er hinaus und stieg die zwölf Stufen der Schlosstreppe hinab. An der „Alten Wache" vorbei verließ er das Gelände und wandte sich nach links in Richtung des kleinen Waldstückes, wo ihn ein kurzer Pfad durch die kahlen Bäume am Sportgelände vorbei führten.

Er wählte bewusst diesen Weg, um eventuelle Begegnungen mit den Einwohnern zu vermeiden, da er sich inzwischen nicht mehr imstande fühlte, immer die gleichen Fragen zu beantworten. Etwa eine Viertelstunde später stand Franz-Josef Langer vor dem Haus und drückte auf die Glocke neben dem Namensschild von Klaus Ginzler.

Nachdem jedoch weder er, noch die Hausbesitzer anzutreffen waren, entschied sich der Bürgermeister dazu, den zum Teil befestigten Weg am Friedhof vorbei zum Schloss zurück zu gehen. Er wollte nach dieser kurzen Erholungspause an der frischen Luft so schnell wie möglich den Gemeindebrief fertigstellen. Als er kurz darauf an der Friedhofsmauer stehen blieb und auf die Grabreihen hinab sah, stockte ihm vor Schreck der Atem.

An der linken Seite der Aussegnungshalle, vor der auf einem Sockel angebrachten Kreuzwegstation, entdeckte er einen mit dem Gesicht zum Boden liegenden Mann. An dessen verrenkter Körperhaltung war auch für den Bürgermeister fast zweifelsfrei zu erkennen, dass es sich hier um einen Toten handeln musste.

Die ersten Schrecksekunden hinter sich, drehte sich Franz-Josef Langer um und rannte den abschüssigen Weg zum Eingang des Friedhofs hinab. Hastig öffnete er das eiserne Tor und eilte in Richtung der kurzen Thuja-Hecke, die den Eingang zur Aussegnungshalle begrenzte. Langer genügte ein einziger Blick auf den Mann um zu erkennen, dass diesem nicht mehr zu helfen war.

Er ging neben dem leblosen Körper in die Hocke und stützte dabei sich mit seinem linken Knie auf dem Kiesboden ab, erhob sich nach einigen Sekunden des Überlegens jedoch sofort wieder. Nachdem, was am vergangenen Wochenende im Schloss passierte, war es ihm bewusst, dass er den Toten wohl besser nicht berührte.

Vorsichtig machte Franz-Josef Langer zwei

Schritte rückwärts, um anschließend den leicht ansteigenden Kiesweg zwischen den Grabstellen der verstorbenen Angehörigen des Mariannhiller Klosters nach oben zu gehen. Dort lehnte er sich für einen kurzen Augenblick an die Mauer und sah sich um.

Kein Mensch auf dem Friedhof dachte er sich, während er mit zittriger Hand sein Smartphone aus der Tasche hervor holte. Nach nur zweimaligem Anrufsignal der gewählten Notrufnummer wurde am anderen Ende der Leitung bereits abgehoben und der Bürgermeister schilderte in kurzen Worten, was er auf dem Reimlinger Friedhof entdeckt hatte.

Franz-Josef Langer versprach, an Ort und Stelle auf die verständigten Beamten zu warten.

Mit einem Druck auf das rote Hörersymbol beendete Langer das Gespräch und steckte sein Handy in die Tasche zurück. Sein Blick fiel auf den an der Mauer angebrachten Wasserhahn und Langer drehte diesen auf, um sich mit einer Handvoll der kalten Flüssigkeit sein erhitztes Gesicht abzukühlen.

Obwohl es sich nur um wenige Minuten handelte, kam es dem Reimlinger Bürgermeister vor, als wären Stunden vergangen, bis er endlich das Martinshorn aus der Ferne vernahm.

17. Kapitel

Hauptkommissar Robert Markowitsch stand am Fenster seines Büros und sah auf den Hof des Augsburger Polizeipräsidiums hinunter. Ein Blick zur Uhr zeigte ihm, dass seit dem Anruf des Oberstaatsanwalts bereits gut fünfzehn Minuten vergangen waren.

„Wollte Berger nicht auf dem schnellsten Weg hierher kommen?", fragte er Peter Neumann, ohne sich nach diesem umzudrehen.

„So hatte er es gesagt", bestätigte ihm sein erst vor kurzem zum Kriminaloberkommissar beförderte Kollege.

„Dann wäre es langsam an der Zeit, dass er aufkreuzt", meinte Markowitsch.

Er nahm einen letzten Schluck aus seiner Kaffeetasse und stellte diese auf dem Sideboard ab.

„Schließlich sind wir nicht hier, um ein Kaffeekränzchen abzuhalten, auch wenn er es Ihnen gegenüber vorgeschlagen hat."

„Wie lange müssen wir hier noch warten?", kam die Frage von Johannes Kleinert. Er deutete dabei mit der Hand auf Alexandra Bleyer. „Alex geht es nicht besonders gut, wie Sie vielleicht verstehen können."

Robert Markowitsch wandte seinen Blick von dem Mann, der ihn angesprochen hatte auf Alexandra Bleyer.

„Das ist durchaus verständlich, Herr Kleinert",

antwortete er mit ruhiger Stimme.

„Allerdings machen es die Ermittlungsumstände erforderlich, dass wir auf das Eintreffen des Oberstaatsanwalts warten. Scheinbar haben sich neue Erkenntnisse ergeben, die uns dabei helfen, die Umstände des gewaltsamen Todes von Christian Stohr aufzuklären.

Sicherlich ist es doch auch in Ihrem Interesse, möglichst schnell herauszufinden, wer für seinen Tod verantwortlich ist. Ich muss Sie und Ihre beiden Begleiter daher bitten, sich noch etwas zu gedulden. Herr Berger müsste jeden Augenblick hier eintreffen."

„Ich kann mir immer noch nicht vorstellen, wer Chris umgebracht haben könnte", sprach dessen Verlobte mit ausdruckslosem Gesicht.

„Hat er sich in letzter Zeit anders verhalten als sonst?", wollte Peter Neumann von den drei Personen wissen. „Hatte er irgendwelche Schwierigkeiten, oder gab es Hinweise darauf, dass er sich irgendjemanden zum Feind gemacht hatte?"

„Chris und Feinde?", fragte Johannes Kleinert etwas überrascht. „Das kann ich mir beim besten Willen nicht vorstellen.

Er konnte zwar manchmal ziemlich arrogant sein, gerade wenn es darum ging, wer welche Rolle zu spielen hatte, aber deshalb hat man doch nicht gleich jemanden zum Feind, der einem den Schädel einschlagen würde."

Kleinert schüttelte den Kopf.

„Nein, das kann ich mir beim besten Willen nicht vorstellen."

„Das kann ich bestätigen", meldete sich nun Maximilian Karbacher zu Wort. „Chris konnte in gewisser Hinsicht sehr eigennützig sein. Vor allem, wenn es darum ging, sich ins Rampenlicht zu stellen. Aber deshalb hätte ihn doch keiner umgebracht."

Peter Neumann wandte sich an die beiden jungen Männer.

„Laut der ersten Befragungsprotokolle waren Sie beide ja im Saal bzw. in Ihrem Garderobenraum anwesend", stellte der Oberkommissar fest.

„Nur Sie, Frau Bleyer", wandte er sich nun an die ungläubig dreinschauende Alexandra, „haben sich scheinbar während der Tatzeit im Schlosspark aufgehalten."

Robert Markowitsch, der die Fragestellung seines Kollegen verfolgte, konnte in diesem Moment erkennen, wie sich die Augen von Alexandra Bleyer unnatürlich vergrößerten. Der Hauptkommissar war sich nicht im Klaren darüber, ob sie nun im Begriff war zu schreien, oder im nächsten Augenblick anfangen würde zu weinen.

„Ich habe Christian geliebt", rief sie Peter Neumann entgegen, als sie durch ein Klopfen gegen die Bürotür unterbrochen wurde.

Sekunden später, ohne die Aufforderung zum Eintreten abzuwarten, stand Oberstaatsanwalt Frank Berger im Raum.

„Ich bitte Sie, meine kleine Verspätung zu entschuldigen", sagte er, während er auf Peter Neumann zuging. „Würden Sie mir bitte für einen Moment Ihr Notebook zur Verfügung stellen, Herr

Neumann?", bat er den Beamten.

„Selbstverständlich, Herr Berger. Bedienen Sie sich", antwortete dieser mit einem Fingerzeig auf den Schreibtisch des Hauptkommissars.

„Kinostunde?", fragte Robert Markowitsch den Oberstaatsanwalt und erntete mit dieser Bemerkung einen zweideutigen Blick aus den Augen Frank Bergers.

„Machen Sie keine Witze, Markowitsch. Mir ist nicht zum Scherzen zumute."

Er zog einen USB-Stick aus seiner Tasche, steckte diesen am Notebook an und drehte das Gerät so, dass Peter Neumann und Robert Markowitsch auf das Display sehen konnten.

„Das Teil wurde mir heute, leider anonym zugeschickt", bemerkte er, bevor er die Datei startete und die beiden Kriminalbeamten den Inhalt zu sehen bekamen.

Die beiden Kriminalkommissare erkannten relativ schnell, dass es sich bei diesem Video um Luftaufnahmen handelte, die über dem Reimlinger Schloss gedreht wurden.

Die Startperspektive zeigte beim scheinbaren Aufstieg des Aufnahmegerätes die Rückseite des Anwesens, denn Markowitsch erkannte den Eingang zur Kulturetage wieder, in der am vergangenen Wochenende das Krimidinner stattfinden sollte.

„Eine Drohne", stellte Peter Neumann in diesem Moment fest, als die Kamera sich über das Dach des Schlosses hinweg bewegte. Sekunden später konnte man im Halbdunkel des Schlosshofes einige Personen sehen, deren Gesichter jedoch nicht zu erkennen waren. Das Fluggerät schwebte in Richtung Eingangstor, um von dort den beleuchteten Schlosshof zu zeigen, bevor es von dort abdrehte und auf die Parkanlage zuflog.

„Das Teil ist mit Sicherheit nicht billig gewesen, wenn ich mir die Qualität der Aufnahmen so betrachte", stellte Peter Neumann mit einem kurzen Blick auf Robert Markowitsch und den Oberstaatsanwalt fest.

„Außerdem scheint der Besitzer der Drohne sein Handwerk zu verstehen, denn das Teil wird ziemlich ruhig gesteuert."

Markowitsch sah Frank Berger fragend an.

„Was sollen wir damit anfangen? Sieht aus wie ein Werbefilm für das Reimlinger Schloss."

„Wenn Sie noch einen Augenblick länger hinschauen, Markowitsch", meinte der Oberstaatsanwalt, „so werden Sie gleich sehen, dass diese Aufnahmen wohl keiner der Verantwortlichen in Reimlingen als Werbematerial veröffentlichen würde."

Die drei Beamten starrten wieder aufmerksam auf den Bildschirm des Notebooks und sahen dabei, wie sich die Drohne über dem Schlosspark in die Richtung bewegte, an der die Leiche von Christian Stohr gelegen hatte.

Über dieser Stelle angekommen, schien das Fluggerät für einige Sekunden fast genauso stillzustehen, wie der Atem der beiden Kriminalkommissare. Das, was sich den beiden Männern in diesem Augenblick darbot, würde trotz der makabren Szene jeden Ermittler jubilieren lassen.

„Stopp!", rief Robert Markowitsch in diesem

Moment.

Der Oberstaatsanwalt hielt das Video an und der Kriminalhauptkommissar betrachtete sich das Bild noch einmal genau. Anschließend drehte er den Kopf in Richtung Alexandra Bleyer und deren beiden Begleiter, bevor er Peter Neumann und Frank Berger ansah.

„Das lässt wohl kaum einen Zweifel offen", meinte er.

„Da bin ich ganz Ihrer Meinung, verehrter Herr Kollege", antwortete der Oberstaatsanwalt. „Selbstverständlich gilt es nun aber herauszufinden, wie es dazu kam. Ich hoffe, dass Sie beide mir in Kürze einen detaillierten Bericht zukommen lassen."

Frank Berger drehte sich um und richtete seinen Blick auf die Frau, die nach wie vor scheinbar ahnungslos auf ihrem Stuhl saß.

„Frau Alexandra Bleyer", begann er seinen fast monotonen Dialog, wobei er Ihr ein Schriftstück entgegenhielt. „Dies ist ein Haftbefehl, ausgestellt durch den Ermittlungsrichter. Bis zur weiteren Klärung der Tatsachen nehme ich Sie hiermit vorläufig in Untersuchungshaft, wegen des Verdachts, Ihren Verlobten Christian Stohr getötet zu haben.

Sie haben das Recht, die Aussage zu verweigern und einen Anwalt hinzuzuziehen. Sollten Sie sich zu den Beschuldigungen äußern wollen, kann Ihre Aussage vor Gericht gegen Sie verwendet werden. Bis zur weiteren Klärung der Tatsachen werden Sie in die Justizvollzugsanstalt nach Aichach überstellt."

Alexandra Bleyer schien während der Worte des Oberstaatsanwalts regelrecht durch diesen hindurch zu blicken.

Ihre Augen waren starr auf den Bildschirm des Notebooks gerichtet, auf dem das angehaltene Video eine weibliche Person zeigte, die zweifelsfrei sie selbst war. Kniend neben dem auf dem Boden liegenden Christian Stohr. In einer Hand hielt sie einen Stein, den sie, wenn man das Video weiter ansah, in das Gebüsch neben sich warf.

Auch Johannes Kleinert und Maximilian Karbacher saßen wie angewurzelt auf ihren Plätzen, unfähig, irgendetwas zu sagen.

Peter Neumann beobachtete die drei Personen während der letzten Minuten sehr intensiv, um irgendeine Reaktion in deren Gesichter zu erkennen, die ihm einen Hinweis für die nun anstehenden Vernehmungen geben würde.

Er reagierte dadurch blitzschnell, als er die aschfahle Gesichtsfarbe von Alexandra Bleyer wahrnahm und konnte dadurch gerade noch verhindern, dass sie, plötzlich in sich zusammengesunken, vom Stuhl fiel.

Robert Markowitsch eilte seinem Kollegen sofort zur Seite, um die Frau zu stützen. Nur ganz nebenbei vernahm er, dass das Handy des Oberstaatsanwalts klingelte.

Während Frank Berger das Gespräch annahm, holte Peter Neumann ein Glas Wasser und reichte es der völlig verwirrt dreinschauenden Alexandra Bleyer, die immer wieder stammelnd versuchte, einige Sätze hervorzubringen.

Die beiden Kommissare versuchten, beruhigend auf die Frau einzureden, als sie in ihren Bemühungen durch einen Satz von Frank Berger unterbrochen wurden.

„Sie sichern das gesamte Grundstück ab und rühren mir nichts an, bis wir vor Ort sind."

Markowitsch und Neumann sahen den Oberstaatsanwalt mit fragendem Gesichtsausdruck an.

„Die Ereignisse in Reimlingen scheinen sich zu überschlagen, meine Herren", sagte er hastig, als er beinahe auf dem Absatz kehrtmachte.

Schon im Begriff das Büro zu verlassen, entfuhr ihm noch ein Satz, den die beiden Kriminalbeamten beinahe als Witz aufgefasst hätten, wäre er nicht grausame Realität gewesen.

„Auf dem Reimlinger Friedhof liegt ein Toter."

Robert Markowitsch erkannte an der Reaktion des Oberstaatsanwalts sofort, dass dieser keineswegs einen Scherz von sich gegeben hatte.

„Neumann. Sie verständigen bitte die Kollegen, die sich hier um alles Weitere kümmern."

Seine Augen richteten sich beinahe entschuldigend auf Alexandra Bleyer und ihre beiden Freunde.

„Es tut mir leid, aber Sie werden vorerst unsere Gastfreundschaft in Anspruch nehmen müssen", sagte er kurz angebunden zu der Frau. „Sie, meine Herren, halten sich bitte zu unserer Verfügung, falls wir noch weitere Fragen an Sie haben."

Markowitsch nahm sein Telefon zur Hand und wählte die Nummer der Kriminaltechnik, um Rolf Zacher zu informieren.

18. Kapitel

Beamte der Nördlinger Polizeiinspektion, sowie einige Angehörige der Reimlinger Feuerwehr hatten sämtliche Zufahrtswege zum Friedhof abgeriegelt.

Mit Ausnahme des stellvertretenden Bürgermeisters wurde keiner der mittlerweile doch zahlreich umherstehenden Neugierigen an den Tatort herangelassen. Auch den Vertretern der Presse blieb trotz des immer wieder von ihnen eingeforderten Rechts auf Information der Öffentlichkeit der Zugang verwehrt.

Als eine knappe Stunde nach Bekanntwerden des Leichenfundes drei Autos mit Augsburger Kennzeichen von der Hauptstraße nach links in Richtung Kirchberg abbogen, wurde es innerhalb der Menschenansammlung unruhiger. Langsam bahnten sich die Fahrzeuge ihren Weg zwischen dem Georgihaus und dem Pfarrheim hindurch, wobei die dort stehende Menschenmenge durch die Reimlinger Feuerwehr zurückgehalten wurde.

Auf dem Schulhof angekommen, stellten Robert Markowitsch, Frank Berger und Rolf Zacher mit seinen Kollegen der KTU die Motoren ab, als ihnen der Einsatzleiter der Nördlinger Polizeiinspektion auch schon entgegen kam. Nach einer kurzen Begrüßung führte er die Männer zum Eingangstor des Friedhofs hinauf.

„Wer hat den Toten denn gefunden?", wollte

Markowitsch wissen.

„Herr Langer wollte Klaus Ginzler zu Hause aufsuchen, um ihn wegen Werbeaufnahmen zu fragen, die er bei ihm in Auftrag gegeben hatte. Da dieser jedoch nicht zu Hause anzutreffen war, wollte der Bürgermeister zurück ins Büro. Letztendlich hat er ihn von dort oben aus entdeckt", antwortete der Nördlinger Beamte.

Beim Namen Klaus Ginzler dachte Markowitsch angestrengt nach. Er wusste, dass er den Namen schon gehört hatte, konnte ihn im ersten Moment jedoch nicht genau zuordnen.

Am Ende des Weges angekommen, führte der Beamte Robert Markowitsch, Peter Neumann und Frank Berger bis zu der Stelle, von der aus der Reimlinger Bürgermeister laut seiner Aussage den Toten gesehen hatte.

Hier oben standen auch die Einsatzfahrzeuge des verständigten Notarztes und der Sanitäter, die sich zwischenzeitlich um Franz-Josef Langer gekümmert hatten.

Die drei Augsburger blickten auf die Stelle neben der Aussegnungshalle hinunter, an der Rolf Zacher inzwischen mit seinen Leuten dabei war, mögliche Spuren zu sichern. Die tief stehende Herbstsonne und der kühle Wind ließen die Männer etwas frösteln.

Ob es nun am Wetter oder der bizarren Situation eines Leichenfundes auf dem Friedhof lag, wusste der Kriminalhauptkommissar in diesem Moment nicht einzuschätzen.

Markowitsch zog den Kragen seiner Jacke nach

oben und sah sich einen Augenblick lang um.

„Eigentlich wäre das hier ein ganz beschauliches Plätzchen", meinte er.

„Das Schloss am Waldrand, die Kirche. Weshalb können wir hier nicht einfach einen gemütlichen Herbstspaziergang unternehmen, Berger?", fragte er den Oberstaatsanwalt.

„Weil wir hier einen Mordfall zu klären haben, Markowitsch", antwortete dieser. „So wie ich das allerdings hier im ersten Moment einschätze, sind es nun sogar zwei, wobei ich das blöde Gefühl nicht loswerde, dass diese irgendwie zusammen hängen, so nah wie die beiden Leichenfundorte beieinanderliegen."

Robert Markowitsch wandte sich um und musste dabei einem Mitarbeiter von Rolf Zacher ausweichen, der von der Friedhofsmauer aus einige Tatortfotos geschossen hatte.

Der Hauptkommissar ging die wenigen Schritte auf den Notarztwagen zu, dessen Türe offen stand.

„Guten Morgen, Doktor", begrüßte er den im Wagen sitzenden Mann, der sich Notizen in einen Bericht tippte. Markowitsch deutete auf den Sanitätswagen, an dem er auch den Reimlinger Bürgermeister erkannte.

„Ist Herr Langer vernehmungsfähig?" fragte er.

„Ich denke schon", kam die Antwort des Notarztes zurück. „Er wirkte zwar zunächst etwas geschockt, als wir hier eintrafen, scheint aber mittlerweile recht gefasst zu sein."

„Sie haben den Toten auch untersucht?", wollte Frank Berger wissen, der nun ebenfalls hinzugekommen war.

Der Mann sah ihn aus dem Wagen heraus an und schüttelte den Kopf.

„Nein", meinte er. „Ich habe lediglich den Tod des Mannes festgestellt. Nachdem die ersten Anzeichen aber unverkennbar darauf hindeuteten, dass es sich um Gewalteinwirkung handelt, wollte ich das Ihrem Kollegen überlassen."

„Danke, das war sehr umsichtig", gab Markowitsch zurück und dreht sich zu seinen beiden Kollegen um.

„Dann lassen Sie uns mal nachsehen, Berger, ob Zacher schon etwas gefunden hat, das uns einen Hinweis für unsere Ermittlungen geben könnte. Sie, Neumann, kümmern sich bitte um die Aussage von Herrn Langer."

Der Hauptkommissar drehte sich abrupt um, da er das untrügliche Gefühl hatte, ihm würde jemand ins Gehege kommen. Er erkannte im ersten Moment jedoch nur einen Mann in einem weißen Overall mit einer Kamera.

Da Markowitsch jedoch im gleichen Augenblick bewusst wurde, dass der Mann bereits vorhin auf dem Weg nach unten war, ging sein Blick auf das Friedhofsgelände und er erkannte, dass sowohl Rolf Zacher als auch seine drei Mitarbeiter dort beschäftigt waren.

„Neumann", sprach Robert Markowitsch seinen Kollegen leise an. „Sehen Sie den Mann dort drüben? Ich dachte zuerst, das sei einer von Zachers Leuten. Aber die sind alle da unten bei der Arbeit."

Peter Neumann verstand sofort.

Mit einigen schnellen Schritten hatte er den Fotografen erreicht und stellte mehr oder weniger überrascht fest, dass es sich hierbei um Michael Schäfer handelte.

„Hätte ich mir denken können, dass man Sie wie eine Klette am Bein hat, Schäfer", sprach er den etwas gehetzt wirkenden Journalisten an. „Wie sind Sie überhaupt durch die Absperrungen gekommen?"

„Berufsgeheimnis, Herr Kommissar", antwortete dieser mit einem selbstgefälligen Lächeln.

„Nun gut", antwortete Peter Neumann. „Wie so oft im Leben haben Sie jetzt genau zwei Möglichkeiten: Entweder sie händigen mir die Speicherkarte aus, oder Sie löschen auf der Stelle, während ich Ihnen dabei auf die Finger schaue, sämtliche Aufnahmen, die Sie vom Tatort angefertigt haben."

Schäfer wusste, dass er angesichts der Polizeipräsenz wohl keine andere Möglichkeit hatte und entschied sich, wenn auch widerwillig, die Aufnahmen zu löschen.

„Sie sind sich aber schon im Klaren darüber, dass dies einen Eingriff in die Pressefreiheit bedeutet?", zischte er dem Kriminalbeamten zu. „Immerhin gibt es ein Recht auf Berichterstattung und Information der Öffentlichkeit. Das wird Ihnen eine unangenehme Schlagzeile einbringen."

Peter Neumann ließ diese offensichtliche Drohung jedoch unbeeindruckt.

„Wenn Sie sich schon auf irgendwelche Paragraphen berufen, Herr Schäfer, so sollte Ihnen sicherlich auch bekannt sein, dass ich Sie laut Strafprozessordnung auf der Stelle wegen Behinderung einer Amtshandlung festnehmen kann. Ich würde an Ihrer Stelle jetzt die Möglichkeit nutzen und so lautlos verschwinden wie Sie gekommen sind. Also machen Sie sich vom Acker, bevor es ungemütlich für Sie wird."

„Darüber ist das letzte Wort noch nicht gesprochen, Herr Kommissar", gab Michael Schäfer nun klein bei, drehte sich um und verschwand zwischen den kahlen Baumreihen, die zum Sportgelände hinauf führten.

„Diese Ratte", zischte Peter Neumann in Markowitsch' Richtung, als er den Weg zurückging.

Markowitsch winkte nur ab.

„Lassen Sie es gut sein, Neumann. Typen wie diesen Schäfer werden wir wohl immer wieder begegnen. Ich gehe mal nach unten."

An der Aussegnungshalle angekommen, wandte sich Robert Markowitsch sogleich an den Leiter der KTU.

„Na, Zacher?", fragte der Hauptkommissar, während er mit ausgestreckter Hand über den Friedhof deutete. „In dieser Umgebung fühlen Sie sich richtig wohl, oder?"

Der Polizeiarzt verzog seine Mundwinkel etwas spöttisch, als er antwortete.

„Wieder mal einer Ihrer komischen Witze, Markowitsch, was? Wenn Sie darauf anspielen, dass ich hier Inventur mache, dann sparen Sie sich den Kalauer. Der ist mindestens so alt wie dieser Friedhof."

Der Oberstaatsanwalt unterbrach mit einem Blick auf seine Uhr das Geplänkel der beiden Männer, obwohl er sehr genau wusste, dass diese Art von makabren Scherzen in ihrem Beruf unweigerlich dazugehörte, um die oft grausame Realität nicht zu nah an sich heranzulassen.

„Ich habe leider nicht ewig Zeit, meine Herren", sagte er. „Können Sie uns schon sagen, wann und wodurch der Mann gestorben ist, Herr Zacher?"

„Er dürfte den ersten Einschätzungen nach seit den frühen Morgenstunden hier liegen. Vorsichtig formuliert sieht es danach aus, dass es einen Streit gegeben haben dürfte", antwortete der KTU-Leiter. „In dessen Verlauf ist der Tote scheinbar mit dem Kopf gegen die Mauer hier geprallt.

Könnte ein Unfall gewesen sein, ich tippe aber eher auf Vorsatz. Darauf deuten die Spuren im Kies und an der Kleidung im Moment jedenfalls hin. Die Todesursache dürfte dem ersten Anschein nach wohl ein Schädelbasisbruch sein. Weitere Einzelheiten kriegen Sie im Laufe des Tages, sobald ich ihn näher untersucht habe."

„Danke, das reicht mir fürs erste", meinte der Oberstaatsanwalt.

„Haben Sie schon einen Weg, wie Sie weiter vorgehen wollen, Markowitsch?", fragte er den Hauptkommissar.

„Habe ich, Berger", antwortete dieser. „Wir werden zunächst einmal klären, wer dieser Klaus Ginzler war. Mir kommt der Name nämlich irgendwie bekannt vor.

Anschließend werden wir versuchen herauszufinden, was Ginzler am frühen Morgen schon auf den Friedhof getrieben hat und ob es möglicherweise einen Zusammenhang zwischen seinem Tod und der Geschichte vom vergangenen Wochenende gibt."

„Gut, Markowitsch, machen Sie das. Ich muss los. Sie halten mich bitte auf dem Laufenden."

Frank Berger bedankte sich noch bei den Kollegen der Kriminaltechnik und verabschiedete sich.

Rolf Zacher wies die beiden Angestellten eines Nördlinger Bestattungsinstituts, die ihr Fahrzeug oberhalb der Friedhofsmauer geparkt hatten an, den Leichnam von Klaus Ginzler in die Rechtsmedizin zu bringen.

„Wurden noch irgendwelche Hinweise gefunden, die uns weiterhelfen könnten, Zacher?", fragte Robert Markowitsch seinen Kollegen.

„Nicht wirklich", antwortete dieser. „Außer den Blutspuren an der Mauer war nicht viel zu finden."

„Wie lange liegt er denn Ihrer Meinung nach schon hier?", wollte der Augsburger Kripochef noch wissen.

„Ich schätze mal so zwischen vier und fünf Stunden", vermutete Rolf Zacher. „Genaueres gibt's wie immer später."

Markowitsch lächelte.

„Dachte ich mir schon. Danke, Doc."

Mit diesen Worten drehte sich der Hauptkommissar um und hielt nach seinem Kollegen Ausschau.

Peter Neumann hatte sein Gespräch mit dem Reimlinger Bürgermeister beendet. Er stand etwas nachdenklich an der Friedhofsmauer und versuchte dabei, die soeben erhaltenen Informationen gedanklich zu sortieren, als er bemerkte, dass Markowitsch ihn erwartend ansah.

„Ich komme runter", rief er kurz und ging die wenigen Meter zum Eingangstor des Friedhofs hinab.

„Können wir mit der Aussage von Herrn Langer etwas anfangen, Neumann?", fragte Robert Markowitsch gespannt.

„Ich denke schon", antwortete der Oberkommissar. „Was mir bzw. uns bisher nicht genau bekannt war, ist zum Beispiel die Tatsache, dass dieser Klaus Ginzler letztes Wochenende für dieses Krimidinner engagiert war, um im Schloss einen Werbefilm für die Homepage des Fördervereins zu drehen."

Markowitsch dachte einige Sekunden angestrengt nach.

„Richtig", meinte er schließlich. „Ich erinnere mich, dass der Bürgermeister ihn, diesen Schäfer und noch eine weitere Journalistin nach unserer Ankunft Herrn Steger vorgestellt hatte. Kam mir aber nicht besonders wichtig vor."

„Mir bis vorhin auch nicht, Chef", antwortete Peter Neumann.

„Vor allem, da dieser Michael Schäfer zu der Sorte Zeitungsmenschen gehört, die wir nicht unbedingt als Gesprächspartner bevorzugen."

„Weiter im Text, Neumann. Was hat der Bürgermeister sonst noch für Informationen für uns?"

„Im Grunde genommen war dies das Einzige, was mir bisher noch nicht genau bekannt war", gab Neumann zurück.

„Neumann", seufzte Robert Markowitsch. „Was

soll ich denn mit der Aussage anfangen, dass dieser Ginzler einen Werbefilm über das Krimidinner im Schloss drehen sollte?"

Peter Neumann ließ die sichtliche Enttäuschung seines Vorgesetzten einige Sekunden auf sich wirken.

Er liebte es, Markowitsch mit seinen, wie dieser es immer bezeichnete, wie Kaugummi zähe Aussagen ein wenig zu reizen. Allerdings merkte er auch ziemlich schnell, wenn der Zeitpunkt des Ausreizens unangebracht war. Aus diesem Grund fuhr er sogleich mit seinen Vermutungen fort.

„Das Interessante daran ist, wie dieser Film zustande kommen sollte, bzw. zustande gekommen ist.

Sie erinnern sich an das Video, das uns der Oberstaatsanwalt in Ihrem Büro gezeigt hat? Dieses wurde mit einer sogenannten Drohne aufgenommen. Und nun raten Sie mal, wer genau damit beauftragt war."

Robert Markowitsch starrte seinen Kollegen an.

„Ginzler?", war das einzige Wort, das er fragend sagte.

„Richtig", bestätigte Peter Neumann die Vermutung des Hauptkommissars. „Seiner Aussage nach wollte Herr Langer Klaus Ginzler heute aufsuchen und das aufgenommene Filmmaterial sichten, um so wenigstens in dieser Hinsicht einen kleinen positiven Aspekt aus diesem Abend zu ziehen.

Nachdem er ihn jedoch zu Hause nicht angetroffen hatte, machte er auf seinem Rückweg diese unschöne Entdeckung."

Peter Neumann deutete mit der Hand in Richtung der Aussegnungshalle, an der Rolf Zacher und seine Kollegen nun ihre Sachen zusammenpackten.

„Der Rest ist uns ja bekannt", beendete er seine Erklärung.

Robert Markowitsch ließ das eben Gehörte für einen Moment auf sich einwirken, ehe er antwortete.

„Das würde ja im ersten Moment bedeuten, dass Klaus Ginzler dem Oberstaatsanwalt anonym diesen USB-Stick mit dem Video zukommen ließ", sinnierte er.

„In diese Richtung habe ich auch schon überlegt", bestätigte Peter Neumann den laut ausgesprochenen Gedanken von Markowitsch.

„Jedoch frage ich mich, was das für einen Sinn ergeben sollte?", meinte er noch.

„Vielleicht wollte er nicht in diese Mordgeschichte mit hineingezogen werden und hat das Video deshalb anonym geschickt?", meinte Robert Markowitsch.

„Sie sehen es mir nach, wenn ich Ihnen da widerspreche, Chef", äußerte Peter Neumann seine Zweifel an der Vermutung des Hauptkommissars.

„Früher oder später hätten wir doch sowieso erfahren, dass diese Aufnahmen von ihm stammen. Welchen Grund hätte er also gehabt, sich hinter einer anonymen Sendung zu verstecken?"

„Auch wieder wahr", gab Markowitsch dem Kollegen Recht. „Also hat da noch ein anderer seine Finger mit im Spiel, Neumann. Ab hier beginnt nun wieder einmal der Ernst des Lebens für uns."

Robert Markowitsch drehte sich um und hielt

nach den Kollegen der KTU Ausschau.

„Ich gehe davon aus, Neumann, dass Sie die Adresse von Klaus Ginzler haben?"

„Sicher", kam dessen Antwort. „Ich habe sogar seinen Schlüsselbund."

„Dann mal los", klopfte der Hauptkommissar Peter Neumann auf die Schulter und lief in Richtung Schulhof.

Dort angekommen sahen die beiden Beamten, dass Rolf Zacher mit seinem Team bereit war, zurück nach Augsburg zu fahren.

Markowitsch sprach den KTU-Leiter an.

„Haben Sie noch irgendetwas gefunden, das für uns wichtig sein könnte, Zacher?"

„Wenn Sie mich so fragen", antwortete dieser, „muss ich Sie leider bis zum Ergebnis meiner Obduktion vertrösten, Markowitsch."

„Na, dann mal ran an den Speck, Doc. Wie ich sehe, haben Sie bereits alles für die Abreise zusammengepackt. Ich kann also noch heute mit Ihrem Bericht rechnen?"

Rolf Zacher verengte seine Augen etwas, als er dem Hauptkommissar antwortete.

„Sie verstehen es immer wieder, einem die Vorfreude auf ein anständiges Mittagessen zu verderben, Markowitsch.

Haben Sie mal auf die Uhr gesehen?"

Robert Markowitsch grinste, als er mit seinem rechten Handrücken gegen den Bauch von Rolf Zacher klopfte.

„Etwas Fasten kann Ihnen keinesfalls schaden, Herr Kollege", meinte er süffisant. „Außerdem werde ich wohl nie verstehen, wie man bei Ihrem Job auch noch ans Essen denken kann. Mir würde dabei wohl jeder Bissen im Hals stecken bleiben, sofern er überhaupt bis dahin kommen würde."

„Das macht eben den feinen Unterschied aus, Markowitsch", konterte nun der Chef der Kriminaltechnik. „Was unseren Bereich anbelangt, sind Sie nur der Mann fürs Grobe.

Sie präsentieren uns hier die Leichen und machen sich anschließend aus dem Staub, während wir in den Eingeweiden der Opfer herumwühlen dürfen, um nach irgendwelchen Auffälligkeiten zu suchen, die Sie in Ihren Ermittlungen schneller voranbringen. Da werden Sie doch wohl einsehen, dass eine gewisse körperliche Konstitution von Nöten ist."

Robert Markowitsch hob nun zustimmend seine Hand.

„In diesem Fall muss ich Ihnen ausnahmsweise Recht geben, Zacher. Wenn ich unsere Zuständigkeitsbereiche anschaue, möchte ich ungern mit Ihnen tauschen. Auch wenn man beim Betrachten eines leblosen Körpers mit den Jahren eine gewisse Routine bekommt, daran gewöhnen werde ich mich wohl nie. Diese Toten aber dann auch noch in sämtliche Einzelteile zu zerlegen, stellt bei mir allerdings eine unüberwindbare Grenze dar."

„Was ich durchaus nachvollziehen kann", bestätigte Rolf Zacher die Argumentation des Hauptkommissars. „Ich habe mich bei meiner Berufswahl auch ganz dem Wissenschaftlichen verschrieben. Da darf, von Ausnahmen natürlich abgesehen, kaum

Platz für Emotionen sein."

„Gut, lassen wir das auf sich beruhen", winkte Markowitsch ab und deutete in Richtung Hauptstraße.

„Da unten gibt es eine Gaststätte. Lassen sie sich mit Ihren Leuten das Essen schmecken und schicken Sie mir die Spesenabrechnung."

Rolf Zachers Augen spiegelten bei diesen Worten des Hauptkommissars Überraschung.

„Soll das etwa eine Einladung sein? Man könnte ja glatt annehmen, dass Sie im Lotto gewonnen hätten."

Markowitsch lächelte.

„Bitte keine Danksagung auf meine Großzügigkeit, Zacher. Ich werde die Spesen selbstverständlich auf meine Kostenstelle einreichen. Jetzt machen Sie sich vom Acker, damit ich Ihre Untersuchungsergebnisse auf meinen Schreibtisch bekomme.

Sie, Neumann, werden sich zwischenzeitlich in der Wohnung des Toten umsehen. Vielleicht stoßen wir ja dort auf einen Hinweis für sein unfreiwilliges Ableben. Ich selbst werde nun diesem Michael Schäfer einen Besuch abstatten."

Kriminaloberkommissar Peter Neumann überlegte kurz.

„Das heißt also, dass die Kollegen der KTU nun zum Mittagessen gehen, während wir beide uns mit den Ermittlungsarbeiten beschäftigen?", fragte er Robert Markowitsch.

Dieser schenkte Peter Neumann nun einen mitleidvollen Blick.

„Schon gut, schon gut. Ich habe verstanden",

winkte er ab. „Bevor Sie mir hier noch vom Fleisch fallen, begleiten Sie Zacher."

Als die Männer bereits im Begriff waren, in den Kombi der KTU einzusteigen, hielt Markowitsch sie noch einen Moment zurück.

„Ach ja, Zacher. Nachdem Sie Herrn Neumann mit nach Augsburg zurücknehmen müssen, sehe ich es für sinnvoll an, dass Sie alle zusammen Ginzlers Wohnung filzen. Zu den üblichen Standardspuren wie Fingerabdrücke etc. hätte ich gerne alles, was irgendwie mit Foto- oder Filmaufnahmen im Zusammenhang stehen könnte."

Robert Markowitsch winkte den Kollegen kurz zu, als er sich zu seinem Wagen begab.

Den Kommentar von Rolf Zacher nahm er noch lächelnd zur Kenntnis, als er sich hinter das Steuer setzte.

„Das hätte ich mir doch gleich denken können, dass die Sache irgendeinen Haken hat", seufzte der Polizeiarzt.

19. Kapitel

Michael Schäfer saß an seinem PC und war gerade dabei, seinen nächsten Artikel vorzubereiten, als er das Klingeln der Türglocke vernahm. Etwas überrascht sah er vom Bildschirm seines Computers auf. Er erwartete eigentlich niemanden und konnte sich im Moment auch keinen Reim darauf machen, wer ihm um diese Zeit einen Besuch abstatten könnte.

Nachdem er die Wohnungstür erreicht hatte, nahm der den Hörer von der Sprechanlage ab.

„Ja bitte", meldete er sich.

Als er jedoch keine Antwort vernahm, hängte der den Hörer zurück und wollte im Treppenhaus nachsehen, wer da möglicherweise nach oben kam. Als er in Gedanken die Tür öffnete, wäre er beinahe mit einem Mann zusammengeprallt.

Überraschung gelungen, stellte Robert Markowitsch in Gedanken zufrieden fest, dass der Mann vor ihm, wenn überhaupt, wohl mit jedem, aber nicht mit seinem Besuch gerechnet hatte.

„Ich hoffe, dass ich nicht ungelegen komme, Herr Schäfer", versuchte der Hauptkommissar möglichst arglos zu wirken.

Er zog seinen Dienstausweis hervor und hielt ihn dem Journalisten unter die Augen.

„Nur der Ordnung halber", meinte er, „auch wenn ich denke, dass ich mich Ihnen gegenüber nicht mehr ausweisen muss."

Markowitsch sah den Journalisten mit aufmerksamen Augen an, um irgendeine Regung in dessen Gesicht zu erkennen. Schäfer schien sichtlich irritiert, was dem Hauptkommissar auch nicht verborgen blieb.

Dieses nervöse Zucken der Mundwinkel hatte er schon unzählige Male gesehen, wenn er unangekündigt bei seinen Recherchen auftauchte.

Er liebte dieses Überraschungsmoment, verleitete er doch die ihm gegenüberstehenden Personen oftmals zu einer Reaktion, die sie sonst nicht offenlegen würden. Doch Michael Schäfer hatte sich schnell wieder unter Kontrolle.

Zwar musste er im ersten Augenblick schlucken, als hätte er einen Kloß im Hals, jedoch gewann er gleich darauf seine Selbstsicherheit zurück.

„Herr Markowitsch", begrüßte er seinen unangemeldeten Gast, indem er ihm seine Hand entgegenhielt. „Was verschafft mir die Ehre Ihres Besuchs?"

Robert Markowitsch entgegnete den Gruß, verzichtete jedoch angesichts einer gewissen Abneigung gegen die Arbeitsauffassung des Journalisten auf einen Handschlag.

„Es haben sich im Todesfall Christian Stohr einige Fragen eröffnet, auf die ich mir eventuell von Ihnen die passenden Antworten erhoffe, Herr Schäfer", sprach er seinen routinemäßigen Text herunter.

„Sie wollen mich in einem Mordfall um Rat fragen, Herr Kommissar?", versuchte Schäfer überrascht zu wirken, wobei er ein zweideutiges Lächeln aufsetzte.

„Hauptkommissar, nur der Ordnung halber", antwortete Robert Markowitsch lächelnd. „Allerdings kann keine Rede davon sein, dass ich mir einen Rat von Ihnen holen möchte, Herr Schäfer. Ich suche, wie schon erwähnt, lediglich Antworten auf einige offene Fragen, was ich jedoch ungern zwischen Tür und Angel besprechen würde."

Schäfer verstand diesen kleinen Wink mit dem Zaunpfahl, trat etwas beiseite und bat Robert Markowitsch mit einer einladenden Handbewegung wortlos in seine Wohnung.

Nachdem der Kriminalbeamte das kleine Wohnzimmer hinter Michael Schäfer betreten hatte, bot dieser ihm an, doch Platz zu nehmen.

„Danke, aber ich glaube nicht, dass es so lange dauern wird", lehnte Markowitsch ab. „Sie würden mir jedoch ein ganzes Stück weiterhelfen, wenn Sie mir verraten, wie Sie an das Foto von Christian Stohr gekommen sind, das unmittelbar am Tatort entstanden sein muss."

Michael Schäfer, der seine anfängliche Unsicherheit durch den überraschenden Besuch abgelegt hatte, lächelte vielsagend.

„Herr Markowitsch", sprach er mit leicht spöttischem Tonfall. „Ein Mann mit Ihrer Erfahrung glaubt doch nicht allen Ernstes, dass ich ihm meine kleinen Berufsgeheimnisse verrate. Nicht umsonst bin ich in der Branche für meine, sagen wir mal in der Regel knallharten Reportagen bekannt."

Robert Markowitsch entging die kleine Selbstbeweihräucherung seines Gegenübers nicht.

„Skrupellos bzw. rücksichtslos träfe es meiner

Meinung nach besser, was Sie der Öffentlichkeit präsentieren", versuchte er, ihn auf den Boden der Tatsachen zurückzuholen.

„Aber nicht doch, Herr Hauptkommissar", wies der Journalist diese Behauptung mit gespielter Empörung zurück. „Sie wollen doch nicht ernsthaft behaupten, dass ich die Leser durch unlautere Machenschaften informieren würde."

„Keineswegs", meinte Markowitsch, der nun gefährlich nahe an seinen Gesprächspartner herangetreten war. „Für mich persönlich zählen nur handfeste Fakten.

Genau aus diesem Grund frage ich mich, wie Sie an ein Foto des toten Christian Stohr kommen, dessen Leichnam, so würde es mein Kollege aus der KTU sicherlich beschreiben, zum Zeitpunkt des Ablichtens noch warm gewesen sein muss?"

Michael Schäfer, der dem stechenden Blick aus den Augen des Hauptkommissars ausweichen wollte, drehte sich zur Seite weg.

„Berufsgeheimnis, wie ich eben schon gesagt habe", wollte er der anklagenden Frage von Robert Markowitsch entgehen. „Den Rest zwischen den Zeilen können Sie meinetwegen der journalistischen Freiheit zuordnen."

„Oder einer krankhaften Sensationsgier", wollte Markowitsch den Mann aus der Reserve locken, um ihn eventuell zu einer unbedachten Äußerung zu provozieren.

Michael Schäfer jedoch ließ sich nicht auf dieses Spiel ein.

„Sollten Sie mich hier in einer Strafsache vernehmen wollen, Herr Markowitsch, so muss ich Sie bitten, mich durch einen richterlichen Beschluss offiziell vorladen zu lassen. Ansonsten betrachte ich unsere Unterhaltung hiermit schon als beendet."

Er deutete auf die Wohnungstür.

Markowitsch wusste, wann er auf die Bremse treten musste. Zwar hatte er sein Ziel nicht ganz erreicht, die Reaktion des Journalisten zeigte ihm jedoch, dass er wohl seine Finger in eine offene Wunde gelegt hatte. Nach wenigen Schritten hatte der Augsburger Hauptkommissar den Ausgang der Wohnung erreicht und drückte die Türklinke nach unten.

„Also gut", sprach er leise lächelnd mehr zu sich selbst. „Setzen wir unser Gespräch demnächst an anderer Stelle fort."

Bevor er jedoch die Wohnung von Michael Schäfer verließ, drehte er sich noch einmal entschlossen um.

„Noch eines, Herr Schäfer", sagte er provokant, bevor er die Tür hinter sich ins Schloss zog.

„Sie haben Ihren Text zwar geübt, aber scheinbar nicht lange genug. Glauben Sie mir eines: so wichtig sind Sie nicht, dass ich einen richterlichen Beschluss bräuchte, um Sie vorzuladen. Wenn ich es für notwendig erachte, lasse ich Sie ganz einfach holen."

Mit diesen Worten ließ Robert Markowitsch den nervös auf seiner Unterlippe nagenden Michael Schäfer zurück.

20. Kapitel

Es gab neugierige Blicke der Nachbarschaft, als das Fahrzeug der Kriminaltechnik vor dem Haus hielt, in dem sich die Wohnung von Klaus Ginzler befand.

Natürlich hatte der Reimlinger Buschfunk bereits dafür Sorge getragen, dass binnen kürzester Zeit die Nachricht über Klaus Ginzlers Tod auch den letzten Winkel der Ortschaft erreicht hatte.

Peter Neumann hatte Ginzlers Wohnung kaum betreten, als er sich auch schon darüber im Klaren war, dass hier zweifelsohne die fachgerechte Unterstützung der Kriminaltechnik nötig war. Somit bestätigte sich die Entscheidung seines Chefs als richtige Maßnahme. Selbst ein Laie hätte auf den ersten Blick erkannt, dass man in den Räumen intensiv nach irgendetwas gesucht hatte.

Herausgerissene Schubladen, chaotisch umherliegende Gegenstände aller Art, wie umgestürzte Kleinmöbel und Dekorationsgegenstände deuteten unmissverständlich darauf hin.

„Mann, hier sieht's aus wie Sau. Typisch für eine völlig übermotivierte Suchaktion", war der erste Kommentar, den der Kriminaloberkommissar von einem der KTU-Mitarbeiter hinter sich vernahm.

„Mag sein", kam die Antwort Rolf Zachers auf die Feststellung seines Mitarbeiters. „Aber dieser Ginzler muss Den- oder Diejenigen selbst in die Wohnung gelassen haben, denn auf den ersten Blick gibt's an der Tür keinerlei gewaltsame Einbruchspuren."

„Ist mir auch schon aufgefallen, als ich eben die Tür aufgeschlossen habe, Herr Zacher", bestätigte Peter Neumann die Vermutung des KTU-Leiters. „Eine andere Möglichkeit wäre, dass er oder sie einen Schlüssel zur Wohnung hatten."

„Das hier spricht aber eher dagegen", kam der Einwand eines weiteren Kollegen.

Neumann wandte sich um und trat die wenigen Schritte an das Sideboard heran, an dem sich der Mitarbeiter befand.

„Dem ersten Anschein nach ist hier jemand gewaltig dagegen geknallt. Den Blutspuren nach zu urteilen, muss sich diese Person dabei nicht unerheblich verletzt haben."

Rolf Zacher kam dazu, stellte seinen Koffer am Boden ab, öffnete diesen und entnahm ihm das Zubehör für einen Blutschnelltest.

„Ich habe von Ginzler am Friedhof einen Blutabstrich genommen", sagte er. „Wir werden gleich feststellen, ob es sich hierbei um ihn handelt."

Mit geübten Handgriffen nahm der Pathologe eine Probe von den Spuren am Sideboard, um diese zu analysieren.

Nur wenige Minuten später stand fest, dass es sich bei der Person, die sich hier erhebliche Verletzungen zugezogen haben musste, um Klaus Ginzler handeln dürfte.

„Bleibt für uns nur noch zu klären, wie und warum er auf das Friedhofsgelände kam", stellte Peter Neumann seine Frage in den Raum.

Er sah sich suchend um, ging auch durch die anderen Räume der Wohnung, um nach möglichen Hinweisen zu suchen.

„Hat irgendjemand schon diese Drohne gefunden, mit der die Filmaufnahmen im Schloss gemacht wurden?", fragte er die Männer, als er zurück in Klaus Ginzlers Büro kam.

„Ja", kam die Antwort. „Die lag hier zwischen den Stühlen, wird aber, so wie sie aussieht, wohl nicht mehr zu gebrauchen sein."

Peter Neumann betrachtete sich das zerstörte Fluggerät.

„Fliegen muss sie meinetwegen auch nicht mehr. Mich würde vielmehr die Kamera interessieren, die an dem Teil angebracht war."

„Haben wir nicht gefunden", antwortete der Kriminaltechniker. „So wie es aussieht, wurde das Ding einfach abgerissen."

„Weniger gut", seufzte Neumann ein wenig resigniert. „Packen Sie das Ding ein und suchen Sie bitte nach irgendwelchen anderen Kameras. Hier muss es doch auch einen Computer oder ein Notebook geben. Wir brauchen alles, was auch nur im Entferntesten mit Foto- oder Filmaufnahmen zu tun hat."

Doch nach etwa einer halben Stunde weiteren intensiven Suchens mussten die Kriminalbeamten feststellen, dass weder das eine noch das andere Gerät auffindbar waren.

„Da hat scheinbar jemand ganze Arbeit geleistet", stellte Rolf Zacher zum Ende der Untersuchungsarbeiten fest. „Nicht mal ein Handy ist zu finden."

Peter Neumann überlegte einen Moment lang, bevor er sich dazu entschloss, die ganze Angelegenheit hier vorerst zu beenden.

„Okay, Herr Zacher", sprach er. „Wenn Sie mit Ihrer Arbeit fürs Erste durch sind, dann versiegeln Sie die Wohnung. Ich würde gerne zurück nach Augsburg fahren. In meinem Büro habe ich eventuell noch ein paar Möglichkeiten, die ich gerne ausprobieren würde. Ich muss an die frische Luft und nachdenken. Ich warte unten am Wagen auf Sie."

21. Kapitel

Nachdem Robert Markowitsch von seinem kurzen Zwischenstopp bei Michael Schäfer in sein Büro im Augsburger Kriminalkommissariat I zurückgekehrt war, traf Peter Neumann nur wenige Minuten später ebenfalls dort ein.

Die beiden Beamten der Augsburger Mordkommission tauschten ihre Informationen aus und brachten sich so zunächst einmal gegenseitig auf den aktuellen Stand ihrer Erkenntnisse.

„Nicht sehr erfreulich, was Sie mir da aus Reimlingen mitgebracht haben, Neumann", stellte der Hauptkommissar fest.

„Für mich stellt sich die Sache im ersten Moment so dar, dass Klaus Ginzler wohl unabsichtlich den Mord an diesem Christian Stohr gefilmt hat. Das ist jedenfalls aus diesem Video zu schließen, das unserem Herrn Oberstaatsanwalt anonym zugeschickt wurde."

Peter Neumann bestätigte die Vermutung seines Vorgesetzten.

„Richtig", pflichtete er ihm bei, setzte jedoch sogleich ein „Aber" dahinter. „Wer sollte einen Grund haben, Klaus Ginzler aus dem Weg zu räumen? Das anonym versandte Video sehe ich eher für einen Erpressungsversuch geeignet, dann jedoch wäre er meines Erachtens nach nicht an die Adresse von Herrn Berger, sondern an Alexandra Bleyer geschickt worden."

Markowitsch dachte für einen Moment über das Argument von Peter Neumann nach.

„Auch wieder wahr", gab er ihm schließlich Recht. „Das ergibt so gesehen keinen Sinn. Was schlagen Sie vor, Neumann? Irgendeine Idee in Ihrer Denkstube?"

Der Kriminaloberkommissar schüttelte leicht mit dem Kopf.

„Sich zum jetzigen Zeitpunkt in Spekulationen zu verlieren, bringt nichts, Chef. Ich würde vorschlagen, dass wir bis morgen abwarten und uns zunächst einmal anhören, was bei der Spurenauswertung von den Kollegen der Kriminaltechnik herauskommt."

„Richtig", meinte Robert Markowitsch. „Zacher ist ja auch noch im Spiel."

Der Hauptkommissar grinst Peter Neumann entgegen, als er sich seinen Telefonhörer griff.

„Ich werde gleich mal etwas an seinem Ego kratzen und nachfragen, wie weit er mit seinen Untersuchungen ist."

Peter Neumann bremste den Eifer seines Vorgesetzten etwas aus.

„Ich denke nicht, dass er uns jetzt schon irgendetwas Aussagekräftiges mitteilen kann. Schließlich sind wir ja gemeinsam erst vor einigen Minuten zurückgekommen. In der Wohnung von Klaus Ginzler herrschte wie schon gesagt ein ziemliches Durcheinander.

Die Kollegen werden die Fingerabdrücke und sonstige Spuren erst mal durch die Datenbank jagen müssen, ehe sie uns etwas Konkretes mitteilen können."

Robert Markowitsch sah Peter Neumann wie einen Spielverderber an, nickte dann jedoch zustimmend.

„Also gut", meinte er, legte den Telefonhörer zurück und sah auf die Uhr. „Dann würde ich jedoch vorschlagen, dass wir für heute Feierabend machen und morgen früh mit Zacher sprechen. Bis dahin wird er uns ja wohl irgendwelche Informationen geben können."

„Die Idee finde ich nicht schlecht", pflichtete Peter Neumann bei. „Ich werde mir zu Hause noch einige Gedanken machen und mich bei Bedarf von dort aus auf mein System aufschalten, falls ich noch das eine oder andere recherchieren muss."

Robert Markowitsch erhob sich von seinem Platz und rückte seinen Stuhl an den Schreibtisch.

„Machen Sie das, Neumann. Auch wenn Sie wohl besser daran täten, sich gründlich auszuschlafen. Die nächsten Tage werden sicherlich nicht weniger Arbeit bringen. So wie ich unseren verehrten Oberstaatsanwalt einschätze, wird er uns schon recht bald auf die Pelle rücken und Ergebnisse einfordern.

Sollten Sie irgendetwas Schlagkräftiges herausfinden, das unseren Ermittlungen einen Schub gibt, dürfen Sie mich gerne aus dem Bett holen."

Peter Neumann winkte ab.

„Ich denke nicht, dass das notwendig sein wird, Chef. Wie Sie ja wissen, sind die Weiten des Cyberuniversums so unendlich wie das, in dem sich unsere Planeten befinden. Außerdem habe ich nicht vor, die ganze Nacht vor dem Bildschirm zu verbringen."

Markowitsch erwiderte diese Aussage des Kriminaloberkommissars mit einem Lächeln.

„Auch gut, Neumann. Obwohl Sie schon des Öfteren das Gegenteil bewiesen haben. Schönen Feierabend wünsche ich Ihnen."

22. Kapitel

Rolf Zacher, der Leiter der kriminaltechnischen Abteilung in der Münchner Universität hatte sich auf Grund des zweiten Reimlinger Mordfalls dazu entschlossen, mit einigen seiner Mitarbeiter an diesem Abend durchzuarbeiten.

Erstens wollte er die beiden Toten baldmöglichst aus seinen Kühlfächern wieder raus haben, zweitens wusste er um die Ungeduld aus den Reihen der Mordermittlung bzw. der Staatsanwaltschaft.

KHK Robert Markowitsch und Oberstaatsanwalt Frank Berger wollten stets in ihrer absoluten Korrektheit die Fälle schnellstmöglich aufgeklärt haben, um das Sicherheitsdenken in der Bevölkerung positiv zu halten.

In einer Zeit, in der man sich in kaum einer Ecke dieser Welt mehr sicher sein konnte, nicht irgendeinem Terroranschlag oder auch nur einer sinnlosen Gewalttat zum Opfer zu fallen, sahen sie es als notwendig an, klare Zeichen zu setzen.

Gewalttäter haben in unserem Zuständigkeitsbereich keine Existenzberechtigung!

Rolf Zacher verstand es manchmal nicht, dass sich Gesetzesbrecher immer noch vorstellen können, gerade ihre Straftat bliebe unaufgeklärt und somit ungestraft.

Die vielfältigen Möglichkeiten biologischer und chemischer Analysen machen es diesen Menschen heutzutage beinahe unmöglich, unentdeckt zu bleiben.

Bei der Untersuchung des ersten Toten, der in der Parkanlage des Reimlinger Schlosses gefunden wurde, hatte das Team der KTU bereits ein Ergebnis erzielt, über das sich der Augsburger Kollege Robert Markowitsch freuen dürfte.

Obwohl, wenn der Polizeiarzt so richtig überlegte, wird dadurch die Ermittlungsarbeit der Mordkommission wohl eher noch etwas ausgedehnt werden.

Rolf Zacher entschloss sich jedoch, Robert Markowitsch durch sein Untersuchungsergebnis nicht aus dem wohlverdienten Schlaf zu holen, falls er diesen überhaupt finden würde. Er begab sich zu seinen Kollegen an einen weiteren Seziertisch, auf dem diese gerade den Leichnam von Klaus Ginzler obduzierten.

Bei einem optimalen Verlauf bietet sich bis zum Ende der Nacht eventuell die Möglichkeit, die Augsburger Kollegen mit weiteren hilfreichen Details zu informieren.

*

Wer Peter Neumann kannte, der konnte sich bildlich vorstellen, dass es den Kriminaloberkommissar nach dem Abendessen nicht ruhig vor dem Fernsehsessel hielt.

Solange ungeklärte Dinge durch seine Gehirnwindungen zogen, würde er keine wirkliche Ruhe finden, um sich auf Ablenkung oder Entspannung durch die Medien einzulassen.

Die einzige Ausnahme stellte hier die digitale Welt mit ihren schier unendlichen Möglichkeiten dar. Wobei es Peter Neumann nicht um die banale Unterhaltung im Netz ging, in welchem er zwar hin und wieder gerne mal eine Runde zockte, dies jedoch eine Ausnahme war.

Im Moment beschäftigte ihn am Meisten die Tatsache, dass in der Wohnung von Klaus Ginzler, der tot auf dem Reimlinger Friedhof aufgefunden wurde, keinerlei elektronische Geräte vorhanden waren.

Kein PC, kein Notebook, kein Handy, kein Datenspeicher, kein Garnichts... sinnierte Peter Neumann vor sich hin.

Nur diese Drohne, an der jedoch augenscheinlich die Kamera gewaltsam entfernt worden war. Diese Tatsache musste nach Ansicht des Kriminaloberkommissars in unmittelbarem Zusammenhang mit dem Video stehen, das Oberstaatsanwalt Frank Berger anonym zugestellt bekam. Er entschloss sich, den Inhalt des USB-Sticks am nächsten Tag genauer zu analysieren.

Als studierten ITler interessierte es Peter Neumann natürlich auch, was es mit dieser Drohne auf sich hatte.

Wodurch wurde diese gesteuert? Per herkömmlicher Fernbedienung, oder mittels App über Smartphone oder Tablet?

Er war sich im Klaren darüber, dass es darauf nur eine Antwort gab, wenn das Gerät genauer untersucht wurde. Dies würden die Kollegen der Kriminaltechnik mit Sicherheit tun, wenn es nicht sogar schon erledigt war.

Peter Neumann konnte das Kribbeln fast körperlich spüren. Eine Tatsache, die immer dann auftrat, sobald er eine Lösung oder zumindest einen Teilschritt zu einer solchen vor sich sah, selbst aber nicht aktiv eingreifen konnte.

Die Tatsache, dass die KTU ihre Ergebnisse in elektronischen Akten speicherte, dies aber meist erst nach Abschluss aller Arbeiten als Gesamtbericht geschah, machte es dem Kriminalbeamten auch nicht leichter. Er würde sich also zumindest bis zum nächsten Morgen gedulden müssen.

Einen weiteren Punkt sah er im nicht auffindbaren Handy bzw. Smartphone von Klaus Ginzler. Ein Mann in seiner Situation, der sein Geld unter anderem mit der Herstellung von Filmmaterial zu verdienen schien, musste ein solches Gerät besitzen.

Es gibt eine ganze Menge zu tun, sagte Peter Neumann zu sich selbst. Er war sich im Klaren darüber, dass es wohl entgegen seiner Aussage von vorhin eine etwas längere Nacht werden würde.

Um zu verhindern, dass ihm die Augenlider zufallen und untergesteckte Streichhölzer sich nicht als probates Mittel herausgestellt hatten, bereitete er sich eine Kanne grünen Tee zu.

Es war ihm zwar klar, dass Kaffee wesentlich schneller als Wachmacher wirkte, beim grünen Tee jedoch die anregende Wirkung länger anhielt.

Somit gut ausgerüstet setzte sich Peter Neumann an seinen Schreibtisch und fuhr sein Computersystem hoch. Wenige Augenblicke später versank er in der digitalen Welt des World Wide Web.

23. Kapitel

Als am nächsten Morgen der Oberstaatsanwalt wieder einmal unangekündigt im Büro von Robert Markowitsch erschien, fand er den Kriminalhauptkommissar Zeitung lesend an seinem Schreibtisch vor.

„Guten Morgen, Markowitsch", begrüßte er den Hauptkommissar missmutig. „Wie ich sehe, haben Sie sich auch schon ins Unglück gestürzt.

Markowitsch blickte nur kurz von seiner Zeitung auf, legte diese jedoch sogleich beiseite, als er erkannte, wer ihm da einen Besuch abstattete.

„Guten Morgen, Herr Berger", erwiderte Markowitsch den Gruß. „Ist es Ihnen in Ihrem Büro zu einsam, oder was treibt sie ansonsten um diese Zeit hierher?"

„Von Einsamkeit kann gar keine Rede sein, verehrter Herr Hauptkommissar", kam die Antwort Frank Bergers etwas energisch. „Vor allem nicht, wenn ich dieses elendige Geschmiere in der Zeitung vor meinen Augen habe.

Nachdem ich gestern den ganzen Tag lang weder von Ihnen, noch von Ihrem Kollegen und auch nicht von der KTU über den aktuellen Stand der Dinge unterrichtet worden bin, bleibt mir ja nichts anderes übrig, als mir die Informationen selbst zu beschaffen. Sind hier etwa alle der Meinung, dass ich nichts anderes zu tun hätte, als irgendwelchen Ermittlungsergebnissen hinterher zu laufen?"

Der Augsburger Oberstaatsanwalt griff sich einen Stuhl und ließ sich vor Robert Markowitsch' Schreibtisch nieder.

„Und?", sah er den Hauptkommissar erwartungsvoll an. „Ich hoffe, dass Sie mir zumindest irgendein kleines Detail an die Hand geben können, das inzwischen auf einen eventuellen Verdächtigen hinweist."

Robert Markowitsch schüttelte jedoch nur den Kopf, was bei Frank Berger mehr als nur einen enttäuschten Gesichtsausdruck hervorrief.

„Markowitsch", sprach er nun ungewohnt leise, wobei der Kriminalbeamte glaubte, einen gefährlichen Unterton herauszuhören. „Wir haben zwischenzeitlich zwei ungeklärte Todesfälle in Reimlingen, wobei nicht auszuschließen ist, dass diese in unmittelbarem Zusammenhang stehen.

Seit dem vergangenen Wochenende laufen die Ermittlungen und Sie wollen mir allen Ernstes sagen, dass Sie noch keinerlei Anhaltspunkte besitzen, wer dahinterstecken könnte?"

Frank Berger deutete auf die Titelseite der Tageszeitung.

„Wie kommt dieser Schmierfink dazu, dieses Foto vom Tatort zu veröffentlichen? Können Sie mir das mal verraten? Ich dachte, Neumann hätte die Fotos löschen lassen."

Zum Ende des letzten Satzes hatte die Stimme von Frank Berger an Erregung und Lautstärke deutlich zugenommen.

Robert Markowitsch wusste zwar, dass er den Oberstaatsanwalt ab und zu einmal mit seinen Antworten an die Grenze der Weißglut bringen konnte, er hatte im Moment jedoch kein Bedürfnis, es in dieser Situation auszuprobieren.

„So hat er es mir jedenfalls mitgeteilt", antwortete Robert Markowitsch schulterzuckend. „Aber wer kennt schon die Machenschaften solcher Individuen? Sicherlich hatte dieser Schäfer noch ein weiteres Aufnahmegerät dabei. Heutzutage reicht da ja schon ein etwas besseres Handy."

„Das nächste Mal lasse ich einen solchen Typen so lange an Ort und Stelle festnageln und bis auf die Unterhosen filzen", schimpfte der Oberstaatsanwalt.

„Ich erwarte jeden Augenblick die Rückmeldungen sowohl von den Kollegen der KTU, als auch von Neumann", versuchte Robert Markowitsch, den aufgebrachten Frank Berger zu beruhigen. „Es gibt natürlich inzwischen einige Verdachtspunkte, eine konkrete Handlung unsererseits ist dadurch allerdings noch nicht gegeben."

Frank Berger war unübersehbar gereizter Stimmung.

„Und was soll das denn nun konkret bedeuten?", wollte er von Robert Markowitsch wissen.

„Ich habe gestern noch persönlich diesem Presseheini Michael Schäfer einen Besuch abgestattet, um ihm ein wenig auf den Zahn zu fühlen. In meinen Augen ist der Mann nicht ganz sauber, was seine Rolle in dieser ganzen Geschichte angeht. Seine Reaktion ließ mich darauf schließen, dass er tiefer in der Sache drin steckt, als wir bisher vielleicht vermuten."

„Na also", schlug Frank Berger mit seiner flachen Hand auf die Schreibtischplatte. „Das ist doch immerhin schon mal was. Lassen Sie den Kerl vorführen und nehmen Sie ihn gehörig in die Mangel. Irgendetwas wird er schon ausplaudern, das uns weiterbringt. Wenn Sie schon mal einen Verdacht haben, steckt meistens doch mehr dahinter."

Markowitsch versuchte sogleich, den Oberstaatsanwalt in seiner Euphorie zu bremsen.

„Für einen konkreten Verdacht, der eine solche Maßnahme rechtfertigen würde, habe ich noch zu wenig in der Hand", sagte er. „Ich hoffe jedoch, dass ich durch die Untersuchungsergebnisse von Zacher und den vermutlich nächtlichen Recherchen Peter Neumanns neue Erkenntnisse bekomme, um diesen Schäfer irgendwie festzunageln."

„Also dann", meinte Frank Berger und erhob sich von seinem Platz. „Lassen Sie uns mal zu Ihrem Kollegen rübergehen und nachsehen, was er herausgefunden hat."

„Neumann ist noch nicht im Haus", winkte Robert Markowitsch ab, was dem Oberstaatsanwalt sichtlich missfiel.

„Ich vermute", sprach der Hauptkommissar weiter, „dass Neumann eine Nachtschicht zuhause eingelegt hat."

„Dann wünsche ich mir eben jetzt, dass Sie ihn aus den Federn klingeln", forderte Frank Berger mit einem Fingerzeig in Richtung Telefon, als sich die Bürotür öffnete und Peter Neumann im Raum stand.

Er wünschte den beiden Männern einen guten

Morgen, gefolgt von einem lauten Gähnen.

Markowitsch konnte sich ein leises Lachen nicht verkneifen.

„Da haben wohl jemandem die Ohren geklingelt", meinte er mit einem Augenzwinkern zu Frank Berger. „So schnell wie heute ist Ihnen sicher noch kein Wunsch in Erfüllung gegangen, was?"

Etwas perplex über diese Situation starrte der Oberstaatsanwalt auf Peter Neumann, dessen leicht gerötete Augen auf eine extrem kurze Nachtruhe hindeuteten.

„Guten Morgen, Herr Neumann", kam der ungeduldige Gruß aus dem Mund des Oberstaatsanwalts, der sogleich mit der Tür ins Haus fiel. „So wie Sie da stehen, geben Sie ja im Augenblick nicht gerade das optimale Erscheinungsbild eines deutschen Beamten ab.

Aber wenn Sie uns jetzt erfreuliche Nachrichten mitbringen, so werde ich Ihnen höchstpersönlich aus diesem Kaffeeautomaten dort in der Ecke einen Cappuccino zubereiten und Ihr Chef wird Ihnen einen freien Tag genehmigen."

Der Kriminaloberkommissar ließ die ihn beinahe überrumpelnden Worte aus dem Mund von Frank Berger erst einmal für einige Sekunden auf sich wirken.

„Wie ich sehe, werde ich anscheinend schon sehnsüchtig erwartet", stellte er dann grinsend fest. „Darf ich Sie dann auch darum bitten, mir den Cappuccino in mein Büro zu bringen, Herr Berger? Ich würde Ihnen nämlich gerne etwas zeigen, sobald ich meinen PC hochgefahren habe."

Robert Markowitsch beobachtete mit großen Augen, wie sich der Oberstaatsanwalt nun tatsächlich an den Kaffeeautomaten begab und eine Tasse unter dem Auslauf platzierte.

„Ich werde Ihnen sogar noch mit Kakaopulver ein Herzchen auf den Schaum streuen, wenn Sie es schaffen, endlich ein wenig Licht ins Dunkle der Ermittlungen zu bringen, Herr Neumann", sprach er hoffnungsvoll.

Peter Neumann winkte lächelnd ab.

„Danke, das ist nicht nötig, Herr Berger. Wenn sich das im Kommissariat herumspricht, unterstellt man uns zum Schluss noch irgendetwas."

*

Wenige Minuten später blickten Frank Berger und Robert Markowitsch über die Schultern von Peter Neumann auf den Computerbildschirm auf dessen Schreibtisch.

Nachdem der Oberstaatsanwalt die Tasse mit dem frisch zubereiteten Cappuccino vor dem Kollegen abgestellt hatte, öffnete dieser ein Dokument, das er in der vergangenen Nacht erstellt hatte.

„Ich habe mir hier einige Stichpunkte zusammengestellt, die zwar noch abgearbeitet werden müssen, jedoch in meinen Augen recht vielversprechend sind.

Da wir gestern bereits in der Wohnung von Klaus Ginzler festgestellt haben, dass dort abgesehen von dieser Drohne keinerlei elektronischer Geräte zu finden waren, steht wohl fest, dass der oder die Täter sich alles unter den Nagel gerissen haben dürften."

Frank Bergers Ungeduld hatte bei Weitem noch nicht nachgelassen.

„Um dies festzustellen, Herr Neumann, hätte es keine Überstunden gebraucht."

„Richtig", stimmte dieser sogleich zu. „Allerdings bin ich es gewohnt, dass ich etwas, von dem ich weiß, dass es da sein muss, suchen kann."

„Aha", meinte Frank Berger nur kurz angebunden.

„Da es mir aber gestern Nacht einfach zu spät war, habe ich das Ganze auf heute Morgen verschoben."

Robert Makowitsch unterbrach den Kollegen in seinem Redefluss.

„Neumann. Wir wissen, dass Sie Ihren Standpunkt gerne breit und ausführlich darlegen. In diesem Fall sollten Sie jedoch zum Wesentlichen übergehen. Wäre das möglich?"

„Sicherlich, Herr Markowitsch", antwortete Peter Neumann und griff demonstrativ zur Kaffeetasse, um einen Schluck daraus zu nehmen.

„Für einen Menschen wie diesen Klaus Ginzler dürfte meiner Meinung nach ein Handy bzw. Smartphone zu einem mehr als notwendigen Arbeitsmittel gehören. Ein solches Gerät, das wahrscheinlich wichtige Informationen enthält, schützt man im Normalfall vor Verlust.

Das heißt, dass ich an seiner Stelle, sofern vorhanden, eine integrierte Ortungsfunktion aktivieren würde, um es im Notfall möglichst schnell wieder zu finden."

Die Augen des Oberstaatsanwalts begannen zu leuchten.

„Handyortung, da hätten wir auch schon gestern draufkommen können, Markowitsch", sprach er den Hauptkommissar an.

„Klar", antwortete dieser. „Wenn ich nicht noch etwas anderes zu tun und lange genug Zeit zum Überlegen gehabt hätte, wäre mir dieser Gedanke vielleicht auch gekommen. Aber wozu bezahlt Vater Staat dann unserem Oberkommissar sein fürstliches Gehalt?"

Das Seufzen von Peter Neumann war in diesem Moment nicht zu überhören.

„Es gibt nur das Problem, dass ich in keinem der zugänglichen Telefonverzeichnisse die Mobilfunknummer von Ginzler ausfindig machen konnte. Es gäbe nun die Möglichkeit, in seiner Wohnung danach zu suchen, was allerdings wiederum unnötige Zeit kostet."

„Irgendjemand aus seinem Bekanntenkreis wird doch diese verdammte Nummer wissen", meinte Frank Berger.

„Sicherlich", pflichtete Peter Neumann bei. „Schneller ginge es jedoch, beim Provider anzufragen. Nachdem wir den Anbieter der Festnetznummer kennen, ist davon auszugehen, dass er sein Mobilfunkgerät ebenfalls dort am Laufen hat.

„Und um dies in Erfahrung zu bringen, benötigen Sie eine offizielle richterliche Genehmigung", schlussfolgerte Frank Berger.

„So ist es", antwortete Peter Neumann, „obwohl

bei einem bestätigten Verdacht einer Straftat dieser Schritt umgangen werden kann. Ich denke aber, wir sollten den offiziellen Weg wählen und so auf die Unterstützung des Mobilfunkanbieters setzen."

„Wie ich Sie einschätze, haben Sie bereits eine Nummer der entsprechenden Telefongesellschaft für mich, Herr Neumann", sprach der Oberstaatsanwalt und griff zum Telefon.

Es bedurfte einiger Überredungskunst von Frank Berger, der schließlich ein Fax an die entsprechende Stelle verschickte, um die geforderten Informationen zu erhalten.

Ein Techniker des Providers bot letztendlich nach Erhalt des Faxes sogar an, die Ortung sofort durchzuführen, was bei den Kriminalbeamten auch auf Zustimmung stieß.

Während der Wartezeit des Vorgangs erkundigte sich Frank Berger, der das Telefon auf Lautsprecher geschaltet hatte, wie genau eine solche Ortung sein würde.

„Die heutigen technischen Möglichkeiten sind relativ groß", hörten die Kriminalbeamten den Mitarbeiter antworten. „Den Daten des Smartphones von Herrn Ginzler nach zu urteilen, diese habe ich zwischenzeitlich vor mir, stehen die Chancen relativ gut. Das Gerät hat alle notwendigen Voraussetzungen, um im Verlustfall eine Ortung bis auf wenige Meter zu ermöglichen.

Bedingung hierfür ist allerdings, dass das Gerät eingeschaltet und diese Funktionen aktiviert sind. Ansonsten besteht nur die Möglichkeit einer sogenannten Zellortung, die im Gebiet um Reimlingen herum nicht sehr vielversprechend sein dürfte."

Frank Berger dachte nicht lange nach.

„Sie schöpfen mir bitte alle Möglichkeiten aus, die Ihnen zur Verfügung stehen", bat er den Mann. „Sollten Sie erfolgreich sein, werden wir die Mitarbeit entsprechend in der Presse zu würdigen wissen."

Robert Markowitsch und Peter Neumann grinsten sich an. Ihnen war klar, dass Frank Berger etwas flunkerte, aber das war in ihren Augen momentan auch zweitrangig.

„Ich habe eine gute und eine weniger gute Nachricht, Herr Berger", vernahm der Oberstaatsanwalt die Stimme seines Gesprächspartners. „Ich kann leider kein aktives Signal des Gerätes empfangen."

„Und das bedeutet, dass Sie den aktuellen Standort nicht ausmachen können?", fragte Berger nach.

„Leider nein", kam die befürchtete Antwort. „Was ich Ihnen aber mitteilen kann, ist der letzte Standort, den wir laut Empfangsdaten ausmachen konnten. Den Koordinaten nach befand sich das Smartphone laut Karte bis gestern Abend auf dem Reimlinger Friedhof. Kurz danach wurde es abgeschaltet."

Frank Berger, Robert Markowitsch und Peter Neumann sahen sich fragend an.

Der Oberstaatsanwalt bedankte sich bei dem Techniker am anderen Ende der Leitung über die prompte Hilfsbereitschaft und beendete das Gespräch.

„Jetzt würde ich gerne mit Herrn Zacher sprechen, Markowitsch", meinte er nun schon wieder etwas aufgebracht. „Das sieht mir beinahe danach aus, als hätten die Kollegen der KTU bei ihrer Arbeit am Tatort etwas geschlampt. Vorausgesetzt, dass die Angaben des Mannes stimmen."

Robert Markowitsch schüttelte seine rechte Hand, als hätte er auf eine heiße Herdplatte gegriffen.

„Das, verehrter Herr Berger, sagen Sie dem Kollegen Zacher mal lieber selbst. Auszuschließen ist so etwas natürlich nie zu hundert Prozent, vorstellen kann ich es mir bei Zacher und seinen Leuten allerdings ehrlich gesagt nicht."

24. Kapitel

Als Rolf Zacher den Anruf von Frank Berger entgegennahm, befand er sich gerade auf dem Weg ins Augsburger Kriminalkommissariat.

„Bis wann werden Sie denn hier sein, Herr Zacher?", fragte ihn der Oberstaatsanwalt.

„Ich bin gerade auf der A8 in Höhe Olching. In einer halben Stunde etwa schätze ich."

„Gut", antwortete Berger. „Ich darf doch davon ausgehen, dass Sie uns erfreuliche Neuigkeiten mitbringen werden?

Sie haben hoffentlich Ihre Utensilien dabei und anständig gefrühstückt, damit Ihnen das, was wir inzwischen herausgefunden haben, nicht auf den Magen schlägt."

„Jetzt machen Sie mich aber neugierig", meinte Rolf Zacher. „Meinen Koffer habe ich übrigens immer im Auto, das dürften Sie mittlerweile wissen. Außerdem haben wir auch ein paar interessante Details bei der Obduktion der beiden Ermordeten herausgefunden. Wir sehen uns gleich. Gruß an die Kollegen."

Der Leiter der kriminaltechnischen Abteilung beendete das Gespräch und fragte sich insgeheim, was der Oberstaatsanwalt und Robert Markowitsch wohl in Erfahrung bringen konnten. Sollte er bzw. einer seiner Mitarbeiter etwas Entscheidendes übersehen haben? Die Zweideutigkeit in Frank Bergers Stimme ließ Rolf Zacher kurz ins Grübeln geraten.

Er entschloss sich jedoch, während der Autofahrt nicht weiter darüber nachzudenken. In Kürze würde er es sowieso erfahren.

Nachdem er schließlich seinen Wagen auf dem Gelände des Polizeipräsidiums Schwaben Nord abgestellt hatte, begab sich Rolf Zacher auf direktem Weg zu Robert Markowitsch' Büro im Kommissariat I.

Als er kurz anklopfte und den Raum betrat, wunderte er sich darüber, dass er keinen der Kollegen vorfand. Ehe er lange darüber nachdenken konnte, wurde auf dem Flur nebenan eine Tür geöffnet.

„Da sind Sie ja endlich, Zacher", vernahm er die Stimme Frank Bergers hinter sich. „Ich wollte gerade nachsehen, wo Sie so lange bleiben."

Rolf Zacher drehte sich um und reichte dem Oberstaatsanwalt die Hand.

„Na ja, für einen Hubschrauber reicht das Budget der Kriminaltechnik leider noch nicht, Herr Berger", meinte er.

Dieser winkte nur kurz ab.

„Wir sind in Neumanns Büro. Kommen Sie rein und setzen Sie sich, nicht dass Sie mir aus den Latschen kippen."

Rolf Zacher begrüßte die beiden Kollegen der Mordkommission und zog sich anschließend einen Stuhl heran.

„So schlimm?", fragte er Robert Markowitsch mit einem Fingerzeig auf Frank Berger.

Der Hauptkommissar zuckte nur mit den Schultern, wobei er sich eine Äußerung verkniff. Auch

Peter Neumann reagierte nicht auf die Frage von Rolf Zacher.

Der Oberstaatsanwalt stand mit beiden Händen in den Hosentaschen an die Tür gelehnt, als er begann, den Leiter der KTU darüber in Kenntnis zu setzen, was sich zwischenzeitlich zugetragen hatte. Nachdem er etwas erregt mit seiner Erklärung geendet hatte, sah er Rolf Zachers irritierten Blick.

„Sie müssen doch zugeben", sprach Frank Berger weiter, „dass Sie und ihre Leute allem Anschein nach hier nicht hundertprozentig bei der Sache waren. Oder haben Sie eine Erklärung für uns, weshalb man am Tatort kein Handy gefunden hat?"

Rolf Zacher schwieg für einige Sekunden. Er empfand diesen verbalen Angriff des Oberstaatsanwalts auf die korrekte Arbeitsweise seines Teams als ungerechtfertigt. Statt dies jedoch lautstark gegenüber Frank Berger zu äußern, reagierte er erstaunlich ruhig.

„Nennen Sie mir nur einen einzigen Fall, Berger, bei dem wir Ihrer Meinung nach nicht sauber gearbeitet hätten, dann bin ich sofort bereit, Ihrer stummen Anschuldigung zuzustimmen."

Nun war es an Frank Berger, zu reagieren.

Robert Markowitsch und Peter Neumann folgten dem Dialog mit wachsendem Interesse.

Der Oberstaatsanwalt versuchte sofort, die missglückte Attacke herunterzuspielen.

„Mensch, Zacher. Nehmen Sie es doch nicht gleich so persönlich. Wir stehen hier alle unter Strom."

„Oh doch, Berger", antwortete Rolf Zacher weiterhin so ruhig, dass es Frank Berger schon etwas unwohl dabei wurde. „Ich habe noch niemals behauptet, dass mir oder einem aus meiner Truppe kein Fehler unterlaufen könnte. Bei dem Druck, unter dem wir oft stehen, wäre dies auch vermessen. Aber vorsätzliche Schlamperei lasse ich mir auch von Ihnen nicht unterstellen."

Die Augen von Robert Markowitsch und Peter Neumann weiteten sich zusehends. So hatten die beiden Rolf Zacher noch nie erlebt.

Auch der Oberstaatsanwalt musste sich im Stillen eingestehen, dass er wohl mit seiner Formulierung etwas über das Ziel hinausgeschossen war. Er nahm die Hände aus dem Taschen, drückte sich von der Tür ab und ging auf Rolf Zacher zu.

„Das sollte keine negative Einschätzung Ihrer Arbeit bedeuten, Herr Zacher", versuchte er sich zu entschuldigen. „Sollten Sie das gerade so aufgefasst haben, tut es mir leid.

Sehen Sie es mir bitte nach, aber ich habe die Presse am Hals und es wird sicherlich nicht mehr lange dauern, bis vom Justizministerium die ersten Anfragen kommen. Es wird höchste Zeit, dass wir Ergebnisse auf den Tisch legen können."

Rolf Zacher nickte zufrieden.

„Entschuldigung angenommen, Herr Berger. Was die Ergebnisse anbelangt, so kann ich auch etwas dazu beisteuern."

Er bat Peter Neumann, die Ergebnisse der KTU auf den Bildschirm zu holen.

„Über langweilige Details aus meinem Fachbereich will ich Sie gar nicht lange nerven", begann er nun, eines der Fotos zu erklären.

„Wir haben bei der Obduktion von Christian Stohr festgestellt, dass der Mann unmittelbar vor seinem Tod noch Drogen konsumiert hat. Genauer gesagt handelt es sich um einen Joint, den er geraucht haben muss."

Mit einem Blick auf Frank Berger fügte er noch hinzu:

„Um irgendwelchen Spekulationen vorzubeugen: wir haben weder Gras noch sonstige Drogen bei ihm oder am Tatort gefunden. Er war wohl sehr vorsichtig, oder muss das Zeug anderweitig versteckt haben."

„Das wirft nun noch ein ganz anderes Licht auf diese Geschichte", dachte Frank Berger laut nach, ehe er sich an Rolf Zacher wandte.

„Gute Arbeit. Gibt es dazu noch weitere Details?"

„Zum ersten Mordfall bislang noch nicht", antwortete dieser. „Die letzten Analysen sind aber noch nicht ganz abgeschlossen."

Er bat Peter Neumann darum, die Akte von Klaus Ginzler aufzurufen.

„Ginzlers Kopfverletzungen haben wie schon vermutet zu seinem Tod geführt. Allerdings hat er sich diese nicht wie Anfangs vermutet durch den Aufprall auf dem Friedhof zugezogen, sondern aller Wahrscheinlichkeit nach bereits in seiner Wohnung. Das belegen die bisherigen Ergebnisse, die wir anhand der Spuren am Sideboard festgestellt haben."

„Aber wie kam er mit diesen Verletzungen auf

den Friedhof?", wollte nun Robert Markowitsch wissen. „Er wird sich ja wohl kaum zum Sterben dort hingelegt haben."

„Ich kann Ihnen nur unsere Ergebnisse darlegen, Markowitsch", antwortete Rolf Zacher auf die Frage des Hauptkommissars. „Den Rest müssen Sie und Ihre Kollegen schon selbst herausfinden.

Ich kann Ihnen nur so viel sagen, dass er durch den Aufprall am Sideboard ein Schädel-Hirn-Trauma erlitten hatte, bei dem es zu mehreren kleinen Gefäßverletzungen kam. Die Anzahl dieser kaputten Gefäße hatte eine Hirnschwellung zur Folge, die bei Ginzler letztendlich zum Tod führte.

Ob dabei der zweite Aufprall am Friedhof noch verstärkend beigetragen hat, oder ob dieser nur eine Folge des ersten war, kann ich so leider nicht mehr feststellen. Möglicherweise haben sich die beiden Zeitpunkte auch überschnitten."

„Das würde also bedeuten, dass Ginzler nach dem ersten Sturz durchaus noch in der Lage gewesen ist, den relativ kurzen Weg von seiner Wohnung bis zum Friedhof zu bewältigen?"

Robert Markowitsch stellte diese Frage in den Raum.

„Ganz auszuschließen ist das nicht, Markowitsch", antwortete Rolf Zacher. „Wobei es bei der festgestellten Anzahl der Gefäßverletzungen sehr wahrscheinlich zu neurologischen Ausfällen gekommen sein dürfte. Meiner Einschätzung nach hat er diesen Weg nicht allein zurückgelegt."

„Was die Spuren am Friedhof belegen dürften", meinte Peter Neumann.

„Richtig", bestätigte Rolf Zacher. „Dort kam es auf jeden Fall noch einmal zu einer, wenn auch möglicherweise nur kleineren Auseinandersetzung."

Franke Berger brach die Unterhaltung ab.

„Ich würde vorschlagen, meine Herren, dass Sie sich jetzt auf direktem Weg nach Reimlingen begeben, um sich den Tatort nochmals genauer anzuschauen. Dieses verflixte Handy muss dort noch irgendwo zu finden sein.

Ich hoffe doch, dass der Bereich noch immer abgesperrt ist, Markowitsch", sah er den Kriminalhauptkommissar fragend an.

„Ich habe diese noch nicht aufheben lassen", antwortete dieser.

„Sehr gut", gab sich der Oberstaatsanwalt für den Augenblick zumindest zufrieden. „Jetzt kann ich wenigstens mit einigen Ermittlungsergebnissen aufwarten, wenn man mir von allen Seiten wieder die Bude einrennt."

Mit einem Dank verabschiedete er sich von den drei Beamten, nicht ohne vorher Rolf Zacher gegenüber nochmals sein Bedauern für seine unüberlegte Anschuldigung zu äußern.

25. Kapitel

Es sprach sich in Reimlingen relativ schnell herum, dass die Augsburger Kripo anscheinend noch weitere Ermittlungen auf dem Friedhofsgelände durchführte.

So kam es, dass sich trotz des ausgiebigen Regenschauers am Vormittag auffällig viele Reimlinger dazu entschlossen hatten, die Pflege der Gräber ihrer Angehörigen an diesem Tag besonders intensiv wahrzunehmen.

Rolf Zacher fühlte sich ziemlich genervt durch die immer wieder vorbeigehenden Neugierigen. Allerdings war ihm auch bewusst, dass es wohl unangebracht wäre, alle Friedhofsbesucher des Platzes zu verweisen. Er war ja schließlich auch nur ein Mensch mit Verständnis, auch wenn er es in dieser Situation als störend empfand.

Da die Hauptarbeiten bereits am vergangenen Tag abgeschlossen werden konnten, beließ er es bei einigen maßregelnden Blicken zwischendurch.

Nachdem er mit Robert Markowitsch und Peter Neumann gemeinsam in einem Auto nach Reimlingen gefahren war, hatte er unterwegs noch einmal Zeit, sich mit den Untersuchungsergebnissen zu beschäftigen, um keinesfalls irgendein wichtiges Detail, sei es noch so klein, zu übersehen.

So fiel ihm auf, dass sowohl an den Händen als auch unter den Fingernägeln von Klaus Ginzler nicht unerhebliche Spuren von Graberde zu finden waren. Diese Tatsache brachte den Leiter der KTU zu intensiven Überlegungen.

„Nachdem wir hier nur zu dritt sind, Markowitsch", sprach er den Hauptkommissar an und blickte ebenso auf Peter Neumann, „darf ich Sie beide hiermit zu meinen Assistenten befördern."

Markowitsch sah Rolf Zacher an, als hätte er sich eben verhört.

„Wie dürfen wir das denn verstehen, Zacher?", wollte er wissen.

„Nun ja", lächelte dieser geheimnisvoll. „Da es unser verehrter Herr Berger ja immer so eilig hat, wäre es natürlich nur zeitverzögernd gewesen, wenn ich die Kollegen hätte zusammenrufen müssen. Also haben Sie nun die Ehre, mir bei meiner Arbeit zu helfen."

Er reichte den beiden Kommissaren jeweils ein kleines Werkzeug, das einer Kinderschaufel ähnelte.

„Damit dürfen Sie beide nun Ihre verpassten Kinderträume nachholen und mit mir etwas in der Erde wühlen."

Robert Markowitsch glaubte im ersten Moment, sich verhört zu haben. Er deutete an seiner Kleidung herab.

„Und wer übernimmt die Reinigungskosten, wenn wir hier fertig sind, Zacher?"

„Ach, Markowitsch", seufzte der angesprochene Rolf Zacher. „Wenn ich Ihr Spesenkonto zur Verfügung hätte, würde ich nicht im Overall, sondern im Nadelstreifenanzug zum Tatort kommen.

Aber wir sollten nicht allzu lange darüber diskutieren, sondern zusehen, dass wir fertig werden.

Sollten wir nämlich hier das finden was ich vermute, so wird Frank Berger Ihnen beiden bestimmt einen neuen Anzug spendieren."

„Sie wissen etwas, was Neumann und ich nicht wissen, Zacher, oder täusche ich mich da?", fragte Robert Markowitsch nachdenklich.

„Wissen ist Macht, Markowitsch", antwortete Rolf Zacher lächelnd. „Sie wissen nichts, macht also nichts."

Er deutete auf die Grabstellen, die sich um den Fundort von Klaus Ginzlers Leichnam befanden.

„Graben, aber vorsichtig", vernahmen Robert Markowitsch und Peter Neumann den ungewohnten Befehlston von Rolf Zacher.

Die drei Männer begaben sich in die Hocke bzw. auf die Knie und begannen sogleich damit, vorsichtig die Erde der Grabstellen abzutragen.

„Grenzt das eigentlich nicht an Leichenschändung, Herr Zacher?", fragte Peter Neumann.

„Sollte sich jemand daran stören, so wird unser verehrter Herr Berger mit Sicherheit einen richterlichen Beschluss nachreichen", kam die Antwort Rolf Zachers. „Sie müssen also weder Angst noch moralische Bedenken haben, Neumann.

Außer, Sie wollen so tief buddeln, dass sie auf irgendwelche Gefäße stoßen. Ich kann Ihnen aber versichern, dass dies nicht notwendig sein wird, wenn sich mein Verdacht bestätigt."

„Hat er schon", rief Robert Markowitsch etwas erstaunt. „Sehen Sie mal, was ich hier habe."

Rolf Zacher drehte sich um und betrachtete sich den Gegenstand, den der Hauptkommissar zutage gefördert hatte.

„Na also", meinte er sichtlich zufrieden. „Hatte ich doch mal wieder den richtigen Riecher."

„Kann man so sagen", bestätigte Robert Markowitsch, indem er Peter Neumann den auf der kleinen Grabschaufel liegenden Gegenstand zeigte.

„Ginzlers Handy", vermutete Neumann.

„Aller Wahrscheinlichkeit nach, ja", gab Zacher zurück. „Aber wie kommt man auf die Idee, so ein Teil auf dem Friedhof zu verstecken, noch dazu in einem Grab?"

„Mich würde interessieren, was Ginzler hier auf dem Friedhof wollte", meinte Robert Markowitsch nachdenklich, bevor er Rolf Zacher ansah.

„Erst einmal müssen wir klären, ob er das Teil hier eingebuddelt hat. Sobald ich es genauer auf Fingerabdrücke untersucht habe, unter der Voraussetzung es sind brauchbare vorhanden, kann ich es Ihnen sagen", schloss Rolf Zacher damit die Suchaktion ab.

Der Hauptkommissar wollte jedoch noch eine Frage beantwortet haben.

„Wie sind Sie eigentlich auf diesen Gedanken gekommen, an einem solchen Ort nach dem Handy zu suchen?"

„Nennen Sie es Erfahrung, Eingebung oder auch nur etwas Glück bei einer Vermutung", sagte Rolf Zacher. Vielleicht ja auch von allem etwas. Da waren die Ergebnisse Ihrer Handyortung, die Graberde, was jedoch auf einem Friedhof erst mal nichts Ungewöhnliches wäre.

Allerdings haben wir auch den USB-Stick, den

Berger erhalten hat, etwas genauer unter die Lupe genommen. Vielmehr das Video, das darauf gespeichert ist."

„Was sollte daran ungewöhnlich sein?", sah Markowitsch den Kriminaltechniker fragend an.

„Zunächst einmal nichts", gab Rolf Zacher zu. „Allerdings habe ich auch einen IT-Freak in der Abteilung, beinahe so wie Ihr Kollege Neumann einer ist. Dieser hat sich die Aufnahme wieder und wieder angesehen, weil ihm irgendetwas dabei komisch vorkam."

„Sie kommen mir auch langsam etwas komisch vor, Zacher", versuchte der Hauptkommissar, den Kollegen in seiner Erklärung anzutreiben. „Beinahe so wie mein Kollege Neumann. Wenn der anfängt etwas zu erläutern, könnte man ihm die Schnürsenkel zusammenknoten, ohne dass er es merken würde."

Der angesprochene Kriminaloberkommissar zwinkerte Rolf Zacher lächelnd zu: „Geduld ist nicht gerade seine Stärke."

„Gut zu wissen", lachte Rolf Zacher zurück. „Also kurz gesagt: mein Mitarbeiter hat in dem Video einen sogenannten Cut ausgemacht. Eine Stelle also, an der das Video geschnitten wurde. Dies passiert genau an der Stelle, bevor die junge Frau den Steinbrocken ins Gebüsch wirft. Diese Aufnahme wurde bewusst manipuliert, Markowitsch."

Der Kripochef dachte kurz nach, um das eben Gehörte auf sich wirken zu lassen.

„Und durch so einen Cut lässt sich diese Manipulation unweigerlich nachweisen?", vergewisserte er sich nochmals.

„Ja", antwortete Rolf Zacher. „In diesem Fall aber nicht nur dadurch. Derjenige, der die Aufnahme geschnitten hat, konnte zwar relativ gut mit seiner Software umgehen, hat dabei aber einen entscheidenden Fehler begangen."

„Und dieser wäre?", forderte Markowitsch ungeduldig.

„Das Erstellungsdatum des Videos?", fragte Peter Neumann dazwischen.

„Richtig", bestätigte Rolf Zacher die Vermutung.

„Ich verstehe nur Bahnhof", sagte Robert Markowitsch. „Kann man dies einem alten Mann auch verständlich erklären?"

„Kein Problem, Chef", übernahm Peter Neumann nun diesen Part.

„Jede elektronische Datei erhält im Normalfall den Zeitpunkt, an dem sie erstellt wurde, als Merkmal. Allerdings lässt sich dieses Merkmal durch bestimmte Möglichkeiten auch manipulieren, indem man zum Beispiel das Datum und die Uhrzeit an der Hardware, sprich: am PC, für die Dauer der Manipulation verändert. Dies erschwert einen Nachweis auf das Original erheblich. Im vorliegenden Fall wurde das entweder aus Unkenntnis oder aus Unachtsamkeit vergessen."

„Besser hätte ich es nicht erklären können, Herr Neumann", bestätigte Rolf Zacher Peter Neumanns Ausführung.

„Das bedeutet für mich, dass hier nicht auf eine Erpressung hingearbeitet wurde, sondern jemand von sich selbst ablenken will", schlussfolgerte Robert Markowitsch. „Weshalb hätte man sonst das Ganze an die Staatsanwaltschaft geschickt? Nach allem was wir bisher wissen, wäre Klaus Ginzler sicherlich durch seine Arbeit in der Lage gewesen, dieses Video abzuändern.

Aber das passt irgendwie nicht zusammen, denn als logische Schlussfolgerung hätte wohl Alexandra Bleyer ihn umgebracht. Die befand sich zu diesem Zeitpunkt allerdings schon bei uns in Gewahrsam. Was zum Teufel also wird hier gespielt?"

Dieser zum Schluss durch seine Erregung etwas lauter gesprochene Satz des Hauptkommissars zog die Aufmerksamkeit einiger Friedhofsbesucher auf sich.

„Sie sollten mit solchen Äußerungen an einem Ort wie diesem hier etwas vorsichtiger sein, Markowitsch", rügte Rolf Zacher den Chef der Augsburger Mordkommission. „Man sollte den Teufel auch in einer Situation wie dieser nicht unbedingt um Rat fragen."

26. Kapitel

Robert Markowitsch befand sich am darauffolgenden Morgen auf dem Weg ins Kommissariat, als er durch das Klingeln des Handys aus seinen Gedanken gerissen wurde.

„Herr Zacher", meldete er sich, nachdem er den Anrufer am Display erkannt hatte. „Was treibt Sie denn schon zu so früher Stunde aus den Federn?"

„Guten Morgen, Markowitsch", entgegnete Rolf Zacher vom anderen Ende der Leitung. „Sie kennen ja das Sprichwort ‚Der frühe Vogel fängt den Wurm'.

In meinem Fall war dies eher eine Eule, denn ich habe mir wieder einmal die halbe Nacht um die Ohren geschlagen."

„Da kann sich die Frauenwelt ja glücklich schätzen, dass keine mit Ihnen verheiratet ist, Zacher", flachste der Hauptkommissar. „Wäre wohl des Öfteren recht einsam zu Hause, so oft, wie Sie sich im Institut befinden."

„Wenn ich nicht wüsste, dass Sie aus Erfahrung sprechen, Markowitsch, so könnte ich glatt annehmen, dass Sie mich um diese Zeit schon auf den Arm nehmen wollen", konterte Rolf Zacher.

„Sicherlich", meinte Markowitsch. „Aber Sie wissen ja genauso gut wie ich, dass unsere Berufswahl sich nicht unbedingt optimal für ein Eheleben eignet. Ich gehe mal davon aus, dass Sie einen triftigen Grund haben, mich um diese Zeit anzurufen?"

„So ist es", antwortete Rolf Zacher. „Es geht um das Handy von Klaus Ginzler. Auf Grund der doch relativ starken Verschmutzung konnte ich leider keine kompletten Fingerabdrücke außer denen von Ginzler selbst feststellen. Wir müssen also davon ausgehen, dass er das Gerät selbst unter die Erde gebracht hat."

Robert Markowitsch konnte sich ein leises Lachen nicht verkneifen.

„Treffender hätte man es wohl nicht formulieren können, Zacher, wenn man bedenkt, wo wir das Teil letztendlich gefunden haben."

„Das Lachen können Sie sich gleich wieder abgewöhnen", antwortete der Leiter der kriminaltechnischen Abteilung. „Ich muss Ihnen leider sagen, dass im Gerät keine Speicherkarte vorhanden war. Auf dem internen Speicher des Handys habe ich außer einigen persönlichen Daten wie scheinbar privaten Bildern oder Kontakten leider nichts für unseren Fall Verwertbares entdecken können.

Da laut des inzwischen vorliegenden Abschlussberichts der Kollegen nach der Wohnungsdurchsuchung ebenfalls kein passender Datenspeicher zum Vorschein kam, müssen wir davon ausgehen, dass sich die Karte wahrscheinlich in fremden Händen befindet."

Robert Markowitsch antwortete erst nach einigen Sekunden Pause.

„Wie sich das anhört: in fremden Händen", wiederholte er die entsprechenden Worte von Rolf Zacher. „Ich gehe davon aus, dass der Mörder von Klaus Ginzler das Ding mitgenommen hat, Zacher.

Nichts anderes bedeutet Ihre Feststellung für mich.

Danke für Ihren Anruf, Herr Kollege. Lassen Sie mich jetzt erstmal ins Büro fahren und die ganze Sachlage noch einmal durchdenken. So früh am Morgen ohne Kaffee im Bauch fällt mir das noch etwas schwer. Ich werde mich bei Ihnen melden, sobald ich mit Neumann die ganze Geschichte noch einmal aufgearbeitet habe."

„Moment noch, Markowitsch", unterbrach Rolf Zacher den Hauptkommissar. „Eine vielleicht interessante Kleinigkeit hätte ich noch für Sie bzw. für Ihren Kollegen."

„Die da wäre?", fragte Markowitsch nach.

„Auf Ginzlers Smartphone befindet sich eine spezielle App, also ein Programm zur Steuerung der Drohne, mit der er seine Aufnahmen durchgeführt hat. Eventuell kann Neumann ja mit dieser Information etwas anfangen."

„Klingt für mich wie spanische Dörfer", antwortete Robert Markowitsch, aber ich werde es auf jeden Fall an Neumann weitergeben. Nochmals danke für Ihren Anruf, Zacher."

Damit beendete der Hauptkommissar das Gespräch.

*

Später, als die beiden Kripobeamten gemeinsam in Robert Markowitsch' Büro zusammen saßen, breiteten sie noch einmal sämtliche ihnen bekannte Details vor sich aus.

„Wir haben zwei Tote innerhalb kurzer Zeit, die

allem Anschein nach unstrittig zusammen hängen.

Dabei gibt es zum einen den von der KTU festgestellten Drogenmissbrauch durch Christian Stohr, wobei dieser Joint nicht unmittelbar mit dem Tatgeschehen in Zusammenhang stehen muss", resümierte der Kriminalhauptkommissar.

„Sehe ich momentan auch so", bestätigte Peter Neumann die Annahme seines Vorgesetzten. „Nachdem, was wir über diesen Abend in Erfahrung bringen konnten, käme auch eine ganz banale Eifersuchtsgeschichte in Betracht, was unseren speziellen Freund Michael Schäfer in den Fokus stellen würde."

„Laut diverser Statistiken ist Eifersucht mit durchschnittlich fünfundzwanzig bis dreißig Prozent noch immer eines der häufigsten Mordmotive, Neumann", sprach Robert Markowitsch leise vor sich hin.

„Würden Sie Schäfer eine solche Tat zutrauen, Herr Markowitsch?", fragte Peter Neumann nach.

„Darüber kann ich mir kein Urteil erlauben, Neumann. Wie Sie zwischenzeitlich wissen dürften, sind Fakten für mich das Einzige, was bei der Verbrechensaufklärung zählt. Mit Vermutungen oder Spekulationen kommt man in den seltensten Fällen ans Ziel.

Wenn Sie mich jedoch nach meiner persönlichen Meinung fragen, so traue ich jedem Menschen, wenn er sich in einem gewissen emotionalen Stadium befindet, einen Mord zu. Aber jetzt weiter im Text.

Wir haben Klaus Ginzler, der mehr oder weniger

durch einen Zufall, wer weiß das schon, den Mord an Christian Stohr mittels einer Drohne aufgezeichnet hat. Klaus Ginzler wurde nur kurze Zeit später zu unserem zweiten Mordopfer. Es ist mittlerweile wohl unstrittig, dass die beiden Fälle in unmittelbarem Zusammenhang stehen. Was uns jetzt noch fehlt, ist die Verbindung zwischen diesen beiden Taten."

Peter Neumann dachte angestrengt nach.

„Wenn wir diese verflixte Speicherkarte in die Finger bekämen, würde sich wohl einiges von selbst erklären", meinte er. „Wir können davon ausgehen, dass sich darauf das Original des von Ginzler gedrehten Videos befindet.

Dies wiederum wird durch die Untersuchung der KTU belegt, dass die Drohne, oder zumindest die damit transportierte Kamera per Smartphone gesteuert wurde. Wir kommen meiner Meinung nicht umhin, uns diese Daten zugänglich zu machen, Chef.

Ansonsten wird die Aufklärung der beiden Morde kaum zu schaffen sein, denn ich sehe auf Grund des manipulierten Videos keine Handhabe, um diese Alexandra Bleyer noch länger festzuhalten. Jeder einigermaßen gewiefte Anwalt würde dieses Indiz in der Luft zerpflücken. Einen weiteren Tatverdächtigen gibt es zum jetzigen Zeitpunkt ebenfalls nicht."

Robert Markowitsch ließ sich in seinem Sessel zurückfallen.

„Es ist zum aus der Haut fahren, Neumann. Wir haben jede Menge Anhaltspunkte, aber kein klar erkennbares Motiv, das wir irgendjemandem zuordnen könnten."

Der Hauptkommissar erhob sich von seinem Platz.

„Lassen Sie uns die Berichte von Zacher noch einmal durchsehen, Neumann. Vielleicht haben wir ja irgendetwas Entscheidendes übersehen.

Aber diesen Verdacht meinerseits behalten Sie bitte für sich. Ich habe keine Lust darauf, mich Zacher gegenüber genauso entschuldigen zu müssen, wie Berger dies passiert ist."

„Klar Chef", lachte Peter Neumann. „Ich schweige wie ein Grab. Nicht dass ich zum Schluss noch von Zacher der Mitwisserschaft bezichtigt werde."

„Genug der Faxen, Neumann", wurde dieser von Markowitsch unterbrochen. „Gehen Sie rüber in Ihr Büro und schmeißen Sie ihr Heiligtum schon mal an, damit wir uns die Ergebnisse der KTU noch einmal durchsehen können. Ich mache uns in der Zwischenzeit einen frischen Cappuccino."

„Ich kann mit diesem rechtsmedizinischen Kauderwelsch immer noch nicht allzu viel anfangen", stellte Robert Markowitsch fest, nachdem er sich gemeinsam mit Peter Neumann eine ganze Zeitlang durch die elektronischen Akten gequält hatte.

„Mir tun langsam schon die Augen weh von diesem ewigen auf den Bildschirm starren. Warum kann man das Ganze nicht einfach wie früher auf Papier schreiben?"

„Weil wir erstens im Zeitalter der Informationstechnologie leben, Herr Markowitsch", kam Peter Neumanns Antwort. „Zweitens geht es um ein Vielfaches schneller, die Daten per Computer zu erfassen und gleichzeitig auszuwerten."

Er deutete auf ein Foto, das von einem Mitarbeiter aus Rolf Zachers Team gemacht wurde.

„Auf einem ausgedruckten Foto zum Beispiel würden Sie hier ohne Vergrößerung nur einen Toten auf einem Teil des Reimlinger Friedhofs von oben erkennen", erklärte Peter Neumann. „Um genauere Details anzusehen, müsste man mehrere Vergrößerungen anfertigen. Am PC kann ich das Bild einfach heranzoomen, um mir jede Kleinigkeit genauer zu betrachten."

Peter Neumann drehte einige Male am Rädchen der Maus und holte so den Bereich, in dem Klaus Ginzler zu erkennen war, so nahe heran, dass man die Verletzungen am Kopf des Toten ausmachen konnte.

„Sehen Sie, Chef", meinte er. „Ganz einfache Geschichte."

„Stopp", rief der Hauptkommissar in diesem Moment laut. „Gehen Sie nochmal zurück und lassen Sie das Bild so stehen. Ich bin gleich wieder da."

Robert Markowitsch rutschte mit seinem Stuhl etwas zurück und erhob sich. Sekunden später saß ein verdutzter Peter Neumann allein vor seinem PC.

Als der Hauptkommissar wenige Augenblicke später zurückkam, hielt er eine Ausgabe der Augsburger Allgemeinen Zeitung in der Hand und legte diese sogleich vor Peter Neumann auf dessen Schreibtisch ab.

Markowitsch deutete auf das Foto, welches die Titelseite fast vollständig einnahm.

„Was sehen Sie hier, Neumann?", fragte er erwartungsvoll.

Dieser warf einen kurzen Blick auf das Papier.

„Das gleiche Foto, das wir hier auf dem PC ..."

Der Kriminaloberkommissar unterbrach sich selbst. Sein Blick wanderte von der Zeitung zum Bildschirm und wieder zurück. Das gleiche Spiel wiederholte er ein zweites und dann noch ein drittes Mal.

„Verfluchte Scheiße", kam es ungewohnt scharf aus Peter Neumanns Mund. „Weshalb ist mir das nicht schon früher aufgefallen?"

Robert Markowitsch legte seine rechte Hand auf die Schulter seines Kollegen, um ihn etwas zu beruhigen.

„Weil wir vor lauter Bäumen den Wald nicht sehen, Neumann. Deshalb. Mir ist es auch gerade eben erst aufgefallen, weil ich mich gestern Abend zu Hause noch einmal über die Dreistigkeit dieses Schmierfinken, der sich freier Journalist nennt, aufgeregt habe."

„Sie sprechen von Michael Schäfer?", stellte Peter Neumann mehr fest, als er fragte.

„Genau von diesem", bestätigte Markowitsch Peter Neumann. „Wenn man sich die beiden Fotos genau betrachtet, erkennt man auf dem von Zachers Kollegen eindeutige Schatten durch die Sonne. Auf dem Zeitungsfoto allerdings sind diese nicht zu erkennen."

„Stimmt", bestätigte Peter Neumann die Feststellung von Robert Markowitsch. „Es könnte sich einerseits hierbei um Abweichungen im Druck handeln.

Aber wenn man sich die Perspektiven der Aufnahmen genauer betrachtet, erkennt man doch Differenzen im Standort. Das Foto wurde eindeutig zu einem anderen Zeitpunkt aufgenommen."

„Nachdem Zacher mit seinen Leuten fertig war, kann es aber nicht gewesen sein", sagte Markowitsch, wobei sich Zornesröte in seinem Gesicht breitmachte. „Also war dieser Schweinehund schon vorher auf dem Friedhof."

Entschlossen griff der Hauptkommissar zum Telefon auf Peter Neumanns Schreibtisch und wählte die Nummer der Staatsanwaltschaft.

„Markowitsch hier", sagte er kurz angebunden, als am anderen Ende abgehoben wurde. „Verbinden Sie mich bitte mit Frank Berger."

Nachdem Robert Markowitsch für ein paar Sekunden in die Warteschleife geleitet wurde, meldete sich der Oberstaatsanwalt.

„Markowitsch", begrüßte er seinen Anrufer. „Da ich Ihre Stimme nur selten am Telefon zu hören bekomme, gehe ich davon aus, dass es wichtig ist."

„Und wie wichtig, Berger. So wichtig, dass Sie mir auf der Stelle einen Durchsuchungsbeschluss und nachfolgend vielleicht sogar einen Haftbefehl besorgen dürfen."

Es herrschte im ersten Moment nach den Sätzen des Kripochefs absolute Stille in der Leitung.

„Sie haben Ihn?", fragte der Oberstaatsanwalt schließlich gespannt.

„Das kann ich Ihnen noch nicht hundertprozentig zusichern, Berger, aber der Verdacht liegt sehr nahe. Zumindest so nahe, als dass wir einen Hauptverdächtigen für den Tod an Klaus Ginzler ausmachen konnten."

„Na, das ist doch endlich mal eine gute Nachricht", vernahm Robert Markowitsch die erfreute Stimme Frank Bergers. „Ich werde sofort dem Ermittlungsrichter Bescheid geben, damit Sie das Papier schnellstmöglich zugestellt bekommen."

„Danke, Berger", entgegnete Markowitsch. „Wir erwarten den Bescheid in Kürze, denn ich möchte keine unnötige Zeit verlieren. Sollte Schäfer mitbekommen, dass wir aktiv gegen ihn ermitteln, macht er sich womöglich aus dem Staub."

„Also doch dieser Presseheini", stellte Frank Berger nach der Aussage von Robert Markowitsch fest. „Ich werde den Richter höchstpersönlich aufsuchen, Markowitsch.

Und für alle Fälle lasse ich mir auch gleich einen vorläufigen Haftbefehl ausstellen, damit Sie im Notfall schnell etwas zur Hand haben. Ich hoffe nur, dass sich Ihr Verdacht letztendlich auch bestätigt. Wäre nicht auszudenken, wenn Sie daneben liegen."

„Keine Sorge, Berger. Wir sind uns zumindest sicher, dass Schäfer noch vor uns auf dem Reimlinger Friedhof war. Das reicht auf jeden Fall aus, um ihn erstmal festzusetzen."

„Dann fangen Sie den schrägen Vogel mal ein, Markowitsch. Gute Arbeit", verabschiedete sich der Oberstaatsanwalt.

27. Kapitel

Michael Schäfer öffnete die Wohnungstür. Seine weit aufgerissenen Augen spiegelten im nächsten Moment die Überraschung wider, da er zu diesem Zeitpunkt mit allem gerechnet hatte, nicht jedoch mit dem Erscheinen der Polizeibeamten.

Unmittelbar nach dem die Tür einen Spalt breit geöffnet war, drängten die uniformierten Beamten ihn in seine Wohnung zurück.

Ehe sich der Journalist versah, wurde er auch schon an der Schulter gepackt und nur Sekunden später fühlte er, wie sich die beiden stählernen Ringe um seine Handgelenke schlossen. Mit dem Gesicht zur Wand gedrängt, drehte Michael Schäfer seinen Kopf zur Seite.

„Hey, was soll das? Sind Sie verrückt geworden?", fluchte er dem zweiten Polizeibeamten entgegen, der die Aktion seines Kollegen aufmerksam beobachtete.

Sein entschlossener Gesichtsausdruck und die Hand an der Dienstwaffe zeigten dem Journalisten, dass es sinnlos war, auch nur die geringste Gegenwehr zu zeigen.

„Keineswegs, Herr Schäfer", vernahm er in diesem Augenblick eine ihm wohl bekannte Stimme, während er von den beiden Polizisten von der Wand weg umgedreht wurde. Der Angesprochene sah sich dem Augsburger Kriminalhauptkommissar Robert

Markowitsch gegenüber.

„Ich habe den Postboten für Sie mitgebracht", sagte dieser nun und deutete auf seinen Kollegen. „Herr Neumann, die Post für Herrn Schäfer, bitte."

Peter Neumann hielt dem Journalisten die beiden Schriftstücke unter die Nase.

Markowitsch hatte sich nach Absprache mit Peter Neumann dazu entschlossen, gleich Nägel mit Köpfen zu machen. Auch auf die Gefahr hin, dass er sich wider Erwarten getäuscht haben sollte, klärte er den nun zur Wehrlosigkeit verdammten Michael Schäfer auf.

„Dies sind ein richterlicher Durchsuchungsbeschluss sowie ein Haftbefehl, Herr Schäfer. Wir nehmen Sie hiermit vorläufig unter dem Verdacht fest, Klaus Ginzler vorsätzlich getötet zu haben. Kriminaloberkommissar Neumann wird Sie nun über Ihre Rechte aufklären, während wir uns etwas in Ihrer Wohnung umsehen."

„Aber gerne doch", antwortete Peter Neumann, indem er sich an Michael Schäfer wandte.

„Sie müssen sich jetzt und hier nicht zu der Ihnen vorgeworfenen Straftat äußern. Außerdem haben Sie das Recht, einen Anwalt hinzuzuziehen.

Sollten Sie von Ihrem Verweigerungsrecht keinen Gebrauch machen, kann Ihre Aussage jedoch nachträglich vor Gericht gegen Sie verwendet werden. Haben Sie das verstanden?"

Der sichtlich geschockte Michael Schäfer nickte nur wortlos, ohne in diesem Moment irgendeine weitere Regung zu zeigen.

Er wurde von den beiden Polizeibeamten, die

durch Robert Markowitsch für die Verhaftung hinzugezogen wurden, in sein Wohnzimmer geführt und dort mit sanftem Nachdruck auf einen Stuhl gesetzt.

Tatenlos musste er nun mit ansehen, wie sich die vier Männer nun jeweils ein paar Handschuhe überstreiften und damit begannen, systematisch sein Eigentum zu durchsuchen, ohne ihn dabei aus den Augen zu lassen.

„Den PC und das Tablet sowie alle Datenspeicher, die Sie hier finden können, packen Sie bitte in unseren Wagen, Kollegen", ordnete Peter Neumann den beiden Beamten als erste Maßnahme an.

„Wozu brauchen Sie denn diese?", fragte Robert Markowitsch nun Michael Schäfer und hielt dem Gefangenen eine Pistole entgegen, die er soeben aus einer Schublade hervorgeholt hatte.

Scheinbar etwas gefasster versuchte Schäfer ein verzweifeltes Lächeln.

„Sie können sich doch denken, Markowitsch, dass ich in meinem Beruf nicht immer ganz ungefährdet bin", antwortete er.

„Stimmt wohl, verwundert mich bei der Art Ihrer Berichterstattung aber auch nicht weiter", antwortete Robert Markowitsch emotionslos.

„Ist das Ding scharf?", fragte Peter Neumann nach.

„Schreckschuss", kam die Antwort von Robert Markowitsch, nachdem er sich den teilweise verschlossenen Lauf der Waffe etwas genauer betrachtet hatte.

„Ich gehe davon aus", sprach er zu Michael

Schäfer, „dass Sie dafür eine entsprechende Genehmigung haben?"

„Selbstverständlich, liegt direkt daneben", gab der Angesprochene zurück und deutete mit einer leichten Kopfbewegung in Richtung der Schublade, aus der Robert Markowitsch die Pistole hervorgeholt hatte. Diese wurde nun vom Hauptkommissar an einen der beiden Polizisten übergeben.

„Die geht mit in die KTU. Ich möchte gerne wissen, ob das Ding in der letzten Zeit benutzt wurde", sprach er.

Etwa eine Stunde nach der Verhaftung waren die Beamten mit Ihrer kurzen Durchsuchung fertig.

„Die Wohnung wird versiegelt, falls sich die Kollegen aus der Kriminaltechnik noch einmal etwas gründlicher hier drin umsehen müssen", wies Robert Markowitsch einen Polizeibeamten an.

„Sie bringen Herrn Schäfer bitte auf direktem Weg ins Polizeipräsidium nach Augsburg. Wir sehen uns dort später in meinem Büro.

Neumann. Sie verständigen bitte Oberstaatsanwalt Berger. Ich bin mir ziemlich sicher, dass er gerne bei der weiteren Vernehmung von Herrn Schäfer dabei sein würde."

„Geht in Ordnung, Herr Markowitsch", antwortete Peter Neumann. „Ich werde ihm umgehend Bescheid geben. Er sagte ohnehin, dass er in dringenden Fällen jederzeit erreichbar wäre."

„Ja", bestätigte Markowitsch. „Ich hatte beim letzten Telefonat mit ihm auch das Gefühl, dass er bei unserer Rückkehr schon wartend vor meiner Bürotür stehen wird."

28. Kapitel

Frank Berger war voll des Lobes für die ermittelnden Beamten. Selbst den Leiter der Kriminaltechnik, Rolf Zacher, hatte er eigens kommen lassen, um seine Erleichterung wirklich allen Beteiligten gegenüber Ausdruck zu verleihen.

„Wo befindet sich dieser Journalist momentan, Markowitsch?", wollte er vom Hauptkommissar wissen.

„Der sitzt einige Türen weiter im Vernehmungsraum und wartet darauf, endlich wieder auf freien Fuß gelassen zu werden", antwortete der Kripochef.

„Das werden Sie mir aber doch unter allen Umständen verhindern, Markowitsch", forderte der Oberstaatsanwalt.

„Wie kommt er denn auf den Gedanken, seine Freilassung zu erwarten? Nach den Einzelheiten, die Sie mir dargelegt haben, steht doch eindeutig fest, dass er bereits am Reimlinger Friedhof die Leiche von Klaus Ginzler fotografiert hat, als diese noch gar nicht offiziell bei uns bekannt war."

„Das wiederum streitet Schäfer ab", sprach Robert Markowitsch weiter. „Genauso wie den Vorwurf, Klaus Ginzler getötet zu haben."

„Blödsinn, Markowitsch", polterte Frank Berger los. „Jeder in unseren Reihen, der schon einmal Opfer seiner irrwitzigen Schlagzeilen geworden ist, würde ihm diese Tat wohl ohne große Bedenken zugestehen."

„Mag ja alles sein, Berger", gab der Hauptkommissar dem Oberstaatsanwalt Recht. „Das müssen wir ihm aber unwiderlegbar beweisen."

„Haben Sie etwa Bedenken, dass wir das nicht können, Markowitsch? Gehen Sie rüber und nehmen Sie den Mann gefälligst in die Mangel. Ich brauche Ergebnisse. Mir sitzt die Presse im Nacken."

„Wir werden natürlich alle Möglichkeiten in dieser Hinsicht ausschöpfen, Berger. Schäfer behauptet wie schon gesagt, an diesem Morgen nicht in Reimlingen gewesen zu sein."

„Und wie will er dann an dieses Foto für die Titelseite gekommen sein?", wurde Frank Berger wieder laut.

„Das wurde ihm nach seinen Angaben zugeschickt", meldete sich Peter Neumann nun zu Wort.

„Ja, ja", winkte Frank Berger ab. „Wahrscheinlich anonym, sodass man diese Behauptung erst mal widerlegen muss, oder?"

„Nein, Herr Berger. Nicht anonym, sondern per Email."

„Wie bitte?"

Frank Berger glaubte, sich verhört zu haben.

„Das muss sich in einem solchen Fall doch nachweisen lassen. Haben Sie denn in dieser Richtung schon etwas unternommen?"

„Wir sind gerade dabei, Schäfers Mail Account zu durchforsten", bestätigte nun Rolf Zacher die Bedenken des Oberstaatsanwalts. „Wenn an seiner Behauptung etwas dran ist, so werden wir das feststellen. Darauf können Sie sich verlassen."

„Nun gut", reagierte Frank Berger nun etwas enttäuscht über den zwischenzeitlichen Verlauf der Dinge.

„Dann beeilen Sie sich bitte und halten Sie mich auf dem Laufenden, meine Herren. Wenn es sein muss, auch rund um die Uhr. Ich werde sehen, was ich an zuständiger Stelle erreichen kann, um Schäfer noch eine Zeitlang festzuhalten. Auf jeden Fall müssen wir ihn spätestens morgen dem Haftrichter vorführen. Der wird dann über eine eventuelle Untersuchungshaft entscheiden."

Bevor Frank Berger das Büro verließ, hatte er noch eine Frage an Robert Markowitsch.

„Wie ist eigentlich der Ermittlungsstand im Fall Christin Stohr?"

„Wir sind uns ziemlich sicher", antwortete der Hauptkommissar, „dass die beiden Fälle im Zusammenhang stehen, Berger. Es gibt einige Indizien, die darauf hindeuten, nur beweisen können wir es zum jetzigen Zeitpunkt leider noch nicht."

„Dann sehen Sie mal zu, dass Sie diese Beweise beschaffen, Markowitsch. Zwei ungeklärte Mordfälle und keinerlei handfeste Beweise. Das ist eine Situation, die ich nicht lange vertreten kann.

Der Druck aus der Öffentlichkeit ist enorm, von der Obrigkeit ganz zu schweigen. Also machen Sie sich an die Arbeit, damit ich die erhitzten Gemüter endlich etwas beruhigen kann."

Robert Markowitsch konnte den Oberstaatsanwalt zwar verstehen, er selbst würde nur ungern in dessen Haut stecken.

Dessen leiser Vorwurf über die noch immer fehlenden und entscheidenden Beweise trieb ihn allerdings langsam zur Weißglut. Er musste dieses Thema jetzt noch an Ort und Stelle ansprechen, bevor er innerlich zu kochen anfing.

Rolf Zacher und Peter Neumann bemerkten die geladene Spannung, die sich zwischen den beiden Männern aufgebaut und hochgeschaukelt hatte. Sie sahen, wie der Kriminalhauptkommissar auf Frank Berger zuging und so nahe an ihn heran trat, dass nicht einmal mehr das sprichwörtliche Blatt Papier zwischen Ihnen Platz gefunden hätte, ohne dabei zerknittert zu werden.

„Ich will Ihnen mal etwas sagen, Berger", sprach Robert Markowitsch so gefährlich leise, dass es im Büro augenblicklich still wie in einer Grabkammer wurde.

„Wir, vor allen anderen aber die Kollegen Zacher und Neumann sind beinahe rund um die Uhr damit beschäftigt, diese beiden Reimlinger Morde aufzuklären.

Dass sich bis jetzt noch in keinem der Fälle eine heiße Spur ergeben hat, die zu einem Endergebnis führen könnte, liegt mit Sicherheit nicht an unserer Einsatzbereitschaft. Es ist für uns und damit meine ich in erster Linie mich selbst, durchaus nachvollziehbar, dass sie in Ihrer Position den Druck von mehreren Seiten abfangen müssen. Aber dafür, Berger, werden Sie verdammt nochmal unter anderem auch bezahlt.

Wir geben hier unser bestmöglichstes und das dürfen wir auch von Ihnen erwarten. Auch wenn es noch so unangenehm ist: wir wissen, dass Sie schon ganz andere Situationen gemeistert haben. Also lassen Sie in drei Teufels Namen diese Anspielungen bleiben, dass wir zu wenig dafür tun, um diese Geschichte so schnell als möglich aufzuklären. Ansonsten sollten Sie mich vielleicht in den vorgezogenen Ruhestand schicken und sich einen Jüngeren für meine Position suchen. Haben wir uns da verstanden?"

Peter Neumann und Rolf Zacher sahen sich an, als hätte es soeben die Ankündigung des Weltuntergangs gegeben. Noch niemals zuvor hatte einer von beiden den Hauptkommissar so aufgebracht erlebt wie in diesem Augenblick.

Auch Frank Berger wusste scheinbar gar nicht, was ihm widerfährt. Sprachlos sah er dem dicht vor ihm stehenden Robert Markowitsch, der sich nun langsam wieder etwas beruhigte, in die Augen. Den beiden daneben stehenden Beamten kam es beinahe wie eine kleine Ewigkeit vor, ehe sich der Oberstaatsanwalt in der Lage sah, zu antworten.

Frank Berger kämpfte sichtlich mit sich selbst, scheinbar unschlüssig, wie er auf diese ungewohnt scharfe Standpauke des Hauptkommissars reagieren sollte. Doch er rang sich dazu durch, die spannungsgeladene Luft in Markowitsch' Büro nicht zur Explosion zu bringen. Sein Blick wanderte mehrfach zwischen Robert Markowitsch, Peter Neumann und Rolf Zacher hin und her.

„So wie es aussieht, bin ich wohl eben etwas zu weit gegangen", startete er den Versuch einer Entschuldigung.

„Meine Bitte um eine möglichst rasche Aufklärung sollte in keiner Weise Ihren Arbeitseinsatz kritisieren oder gar herunterspielen."

„Ihre Bitte war keine, Berger. Das klang wohl nicht nur für mich eher wie ein Befehl", konterte der Kripochef mit verschränkten Armen.

„Markowitsch", sagte Frank Berger nun in einem versöhnlichen Ton. „Sie glauben doch nicht allen Ernstes, dass ich mir vorstellen könnte, Sie durch irgendeinen jungen Ehrgeizling zu ersetzen?"

Eine Antwort erwartend vernahm Frank Berger nun den Zwischenruf von Peter Neumann.

„Schade", rief dieser spontan dazwischen. „Ich dachte schon, ich würde die Karriereleiter hinauf stolpern."

Mit dieser kleinen Floskel schien Oberkommissar Neumann das Eis zwischen den beiden Kontrahenten gebrochen zu haben.

„Für diese Aussage sollte ich Ihnen die kürzlich zuerkannte Beförderung samt Gehaltserhöhung wieder streichen lassen, Neumann. Wir können in ein paar Jahren nochmal darüber sprechen, aber noch gehöre ich nicht zum alten Eisen."

Durch diesen letzten Dialog zwischen Peter Neumann und seinem Vorgesetzten lockerte sich die Stimmung im Büro wieder etwas auf. Frank Berger verabschiedete sich mit einem festen Händedruck von den drei Kollegen und schloss erleichtert die Tür hinter sich.

Robert Markowitsch sah die Blicke von Zacher und Neumann auf sich gerichtet.

„Was?", fragte er mit gespielter Unschuldsmiene.

„Das war schon lange einmal überfällig. Und jetzt

an die Arbeit, meine Herren. Ein ausnahmsweise früher Feierabend wartet auf uns. Ab morgen geht alles wieder seinen gewohnten Gang."

29. Kapitel

Trotz der zuletzt gelockerten Stimmung im Büro seines Chefs fand Peter Neumann an diesem Abend keine richtige Ruhe. Zu sehr nagte es an seinem Ehrgeiz, dass man Michael Schäfer den Mord an Klaus Ginzler wohl nicht nachweisen konnte.

Vorausgesetzt natürlich, dass dessen Aussage, das Foto für seinen Artikel per Mail erhalten zu haben, den Tatsachen entsprach. Doch die Erfahrung, die er in den letzten Jahren gesammelt hatte, sagte ihm, dass die Selbstsicherheit des Journalisten nicht gespielt war.

Spätestens im Laufe des morgigen Tages würde man wissen, ob Schäfer die Wahrheit sagte. Notfalls würde man versuchen, die eingegangene Mail mittels Provideranfrage zurückzuverfolgen, um den Absender ausfindig zu machen. Dies war nicht immer erfolgreich, gerade wenn es sich beim Absender um jemanden mit professionellen Kenntnissen handelte, aber das würde auf jeden Fall eine Möglichkeit darstellen.

Peter Neumann war sich dessen sicher, dass Rolf Zachers Kollegen diesen Schritt einleiten würden. Zum wiederholten Male versuchte er, die inzwischen bekannten Details in seinem Hinterstübchen zu sortieren. Wo saß der Knoten, den es zu entwirren galt?

Er war drauf und dran, für diesen Abend alles

hinzuschmeißen, als sich sein knurrender Magen meldete.

Kein Wunder sagte er zu sich. *Mit einem leeren Magen denkt es sich nicht besonders gut.*

Peter Neumann entschloss sich dazu, noch etwas essen zu gehen. Auf dem Weg in sein bevorzugtes Restaurant fiel ihm an diesem Abend zum wiederholten Male die große Leuchtreklame eines Netzanbieters auf. Die Situation, in der ein Techniker eines Providers den Beamten behilflich war, das Smartphone von Klaus Ginzler zu orten, kam ihm wieder in den Sinn. Der Lichtblitz, der ihm in diesem Augenblick das Innere seines Gehirns erleuchtete, war immens.

Der Kriminaloberkommissar trat so vehement auf das Bremspedal, dass sein Fahrzeug auszubrechen drohte und schließlich mit quietschenden Reifen zum Stehen kam.

Peter Neumann wendete den Wagen, um auf der Stelle zurück nach Hause zu fahren. Er hielt lediglich einmal kurz unterwegs an, um an einer Imbissbude eine Kleinigkeit mitzunehmen.

Das muss reichen, dachte er sich, als er wieder in den Wagen stieg. Daheim angekommen, startete Peter Neumann zunächst sein Computersystem, ehe er hastig die kleine Mahlzeit an seinem Küchentisch verschlang.

Wie bereits an einem der vergangenen Abende bereitete er sich eine Kanne mit grünem Tee zu und platzierte sich anschließend an seinem Schreibtisch.

Neumann ärgerte sich darüber, dass er in der Hektik der letzten Tage sein logisches Denkvermögen nicht in dem Umfang ausschöpfen konnte, wie er es normalerweise gewohnt war. Er baute die gesicherte Verbindung zum Server des Polizeipräsidiums auf und meldete sich kurz darauf am System an. Nur kurze Zeit später hatte er die Untersuchungsergebnisse der KTU auf seinem Bildschirm und durchsuchte diese nach den Daten, die von der Kriminaltechnik über Klaus Ginzlers Handy eingestellt worden waren.

Da er die gewünschte Information jedoch nicht vorfand, griff er kurz entschlossen zum Telefon und wählte die Mobilnummer von Rolf Zacher. Dieser meldete sich nach nur kurzer Wartezeit.

„Was kann ich für Sie tun, Herr Neumann?", fragte er.

„Sie haben das Mobiltelefon von Ginzler doch selbst unter die Lupe genommen, Herr Zacher. Ich benötige eine Info, die ich in Ihrem Bericht leider nicht finden kann."

„Dann wird sie auch nicht von ausschlaggebender Bedeutung gewesen sein", antwortete Rolf Zacher seinem Gesprächspartner.

„Für Sie zu diesem Zeitpunkt vielleicht nicht, für mich im Augenblick allerdings doch."

„Um was geht es denn genau, Neumann?", wollte Rolf Zacher wissen.

„Ist Ihnen bei Ihrer Untersuchung aufgefallen, ob Klaus Ginzler auf seinem Smartphone eine App oder einen Link für den Zugriff auf ein Cloud-Speichersystem hatte?"

Rolf Zacher überlegte einen Augenblick, ehe er Peter Neumanns Frage verneinte.

„Das bedeutet aber nicht, dass so etwas nicht existiert. Mir ist es vielleicht nur nicht aufgefallen, da ich es nicht für relevant hielt. Ich werde Ihnen die Information besorgen, Herr Neumann. Geben Sie mir etwas Zeit, ich melde mich in Kürze wieder bei Ihnen."

Peter Neumann bedankte sich vorläufig und beendete das Gespräch. Er ging sein Vorhaben in Gedanken noch einmal durch, dachte auch kurz darüber nach, Robert Markowitsch zu informieren, ließ dies aber dann doch lieber bleiben. Sollte sich seine Idee als Trugschluss herausstellen, hätte er nur unnötige Hoffnung geweckt.

30. Kapitel

Am nächsten Morgen stand Oberstaatsanwalt Frank Berger bereits wieder bei Robert Markowitsch vor dessen Bürotür. Nach kurzem Überlegen klopfte er an und trat unaufgefordert ein.

Der Hauptkommissar saß an seinem Schreibtisch, im Begriff, seinen Kollegen Peter Neumann anzurufen, da dieser noch nicht zum Dienst erschienen war. Markowitsch lächelte, als er den unangemeldeten Frank Berger erblickte.

„Sie halten es wohl keine vierundzwanzig Stunden ohne mich aus, Berger, oder?"

„Guten Morgen, Markowitsch", kam Bergers Antwort. „Vergessen Sie bitte meine verbale Entgleisung von gestern. Ich komme soeben vom Haftrichter, mit dem ich über die Festnahme von Michael Schäfer gesprochen habe."

„Und?", wollte Robert Markowitsch wissen. „Haben Sie etwas erreicht?"

„Leider nein", seufzte Frank Berger. „Wenn sich die Behauptung Schäfers als richtig herausstellt, dass er dieses Foto tatsächlich zugeschickt bekommen hat, müssen wir ihn heute noch laufen lassen."

„Mist", war der einzige Kommentar von Robert Markowitsch zu diesen Neuigkeiten des Oberstaatsanwalts. „Ich wollte gerade Neumann anrufen. Nachdem er noch nicht im Büro ist denke ich, dass er mal wieder die halbe Nacht vor seinem Computer saß, um irgendetwas zu recherchieren."

„Machen Sie das", nickte Frank Berger. „Aber zuerst fragen Sie bitte in der KTU nach, ob die etwas an Schäfers Mailkonto festgestellt haben. Ich will wissen, worauf ich mich für die nächsten Stunden einstellen muss."

„Also gut", antwortete der Hauptkommissar und machte sich daran, Rolf Zacher anzurufen.

Zwei Minuten später legte er den Hörer wieder auf und konnte Frank Berger mitteilen, dass sich sowohl Rolf Zacher als auch Peter Neumann bereits auf dem Weg ins Polizeipräsidium befanden.

„Das bedeutet wohl", so meinte der Oberstaatsanwalt, „dass die beiden irgendetwas herausgefunden haben."

„Zacher hat nichts Genaueres angedeutet", zuckte Markowitsch mit den Schultern. „Er sagte nur, dass ihn Neumann gestern Abend noch kontaktiert hatte, und dass sie nach einer zwar etwas längeren, aber doch erfolgreichen Nacht wohl erfreuliche Neuigkeiten mitbringen würden."

Frank Bergers Mine erhellte sich bei den Worten des Kriminalhauptkommissars zusehends.

„Das hört sich ja mal ganz zuversichtlich an", meinte er.

„Ich denke, dass ich in der Zwischenzeit einen Ihrer Cappuccinos vertragen könnte, Markowitsch."

„Cappuccini", verbesserte Robert Markowitsch den Wunsch Frank Bergers.

„Was, ni?", fragte dieser nach.

„Im Italienischen gibt es keine Cappuccinos, Berger, sondern nur Cappuccini", lächelte der Hauptkommissar.

Frank Berger winkte ab.

„Das ist mir relativ egal. Hauptsache einen Kaffee, Markowitsch."

„Banause", murmelte dieser, als er sich erhob.

*

Die Tassen der beiden Beamten waren gerade geleert, als Peter Neumann das Büro der Augsburger Mordkommission betrat.

„Schönen guten Morgen zusammen", meinte er mit einem Blick auf die beiden Männer, die ihm scheinbar erwartungsvoll entgegensahen.

„Trautes Heim, Glück allein", summte der Kriminaloberkommissar. „Sieht ganz so aus, als hätten Sie sich wieder vertragen", stellte er erfreut fest.

„Singen Sie hier keine Lieder, Neumann, sondern klären Sie uns lieber auf, was Sie heute Nacht herausgefunden haben", sprach Robert Markowitsch.

Peter Neumann griff sich einen Stuhl, zog diesen an den Schreibtisch heran und setzte sich zu den beiden Beamten.

„Eine ganze Menge erfreulicher Dinge", lächelte er vielversprechend. „War etwas zeitaufwendig, hat sich aber meiner Meinung nach sehr gelohnt. Das ist auch der Grund, weshalb ich heute etwas später dran bin, aber ich musste nach dem langen Arbeitstag gestern endlich mal wieder ausschlafen."

Robert Markowitsch und Frank Berger sahen sich an, irritiert über die gute Stimmung, die Peter Neumann mitbrachte.

„Mensch Neumann. Geht das schon wieder

los?", verdrehte Robert Markowitsch die Augen. „Können Sie nicht einfach mal von Beginn an gleich auf den Punkt kommen und uns dieses Nerv tötende Drumherum Geplänkel ersparen?"

„Könnte ich schon, Chef, will ich aber noch nicht", grinste Neumann. „Ich würde gerne warten, bis Herr Zacher eintrifft. Wir haben verabredet, dass wir Ihnen unsere Ergebnisse gemeinsam präsentieren, da auch er Ihnen etwas mitteilen möchte."

Nun mischte sich der Oberstaatsanwalt in die seiner Meinung nach unnötig in die Länge gezogene Unterhaltung der beiden Kriminalbeamten ein.

„Wie Sie sich sicher erinnern können, Herr Neumann, habe ich erst kürzlich darum gebeten, mich unmittelbar auf dem Laufenden zu halten, auch wenn es mitten in der Nacht sein sollte. Also spannen Sie uns hier nicht länger als notwendig auf die Folter und rücken Sie endlich mit dem heraus, was es zu sagen gibt."

Frank Berger blickte auf die Uhr.

„Ich muss zum Haftrichter. Wenn ich ihm nicht irgendwie plausibel machen kann, dass er für diesen Schäfer die Untersuchungshaft anordnet, können wir in der Angelegenheit wohl fast wieder von vorne anfangen."

„Keine Sorge, Herr Berger. Ich glaube nicht, dass dies passieren wird", winkte Peter Neumann ab, als sich erneut die Bürotür öffnete und Rolf Zacher eintrat.

Wie zwei kleine Jungs nach einem geglückten Lausbubenstreich klatschten er und Peter Neumann sich zur Begrüßung an den Händen ab.

„Haben wir da irgendetwas verpasst, Markowitsch?", fragte der Oberstaatsanwalt mit seltsamem Blick auf den Kripochef.

„Keine Ahnung", meinte dieser nur. „Vielleicht eine neue Männerfreundschaft?"

Der Oberstaatsanwalt erhob sich von seinem Stuhl.

„Also gut", sprach er nun Peter Neumann und den Leiter der kriminaltechnischen Abteilung in etwas ernsthafterem Ton an. „Männerfreundschaft hin oder her, meine Herren. Wir sollten langsam auf den Punkt kommen, bevor die ganze Sache hier noch in Klamauk ausartet."

Peter Neumann sah auf den Kollegen und nickte diesem zu.

„Sie zuerst, Herr Zacher."

„Okay", meinte dieser mit Blick auf den Oberstaatsanwalt. „Ursprünglich hatte ich mir nach Ihrer etwas vorwurfsvollen Ansprache gestern vorgenommen, die Geschichte mit Schäfers Mail Account erst heute zu erledigen."

Frank Berger schluckte sich eine diesbezügliche Bemerkung seinerseits unausgesprochen hinab, als Rolf Zacher in seiner Erklärung fortsetzte.

„Nachdem ich jedoch gestern Abend noch einen Anruf des Kollegen Neumann erhielt, sah ich es als notwendig an, die Geschichte sofort zu erledigen.

Es ist leider so, dass Michael Schäfer das besagte Foto tatsächlich per Email erhalten hat. Im ersten Moment war aber nicht auszumachen, von welcher Adresse diese Mail kam, da es sich um einen unbekannten Absender handelt."

Frank Berger und Robert Markowitsch sahen sich fragend an.

„Das bedeutet", sprach Rolf Zacher weiter, „dass die Absenderadresse nur aus einer Buchstaben- und Zahlenreihe besteht und das Konto bei irgendeinem kostenlosen Mailanbieter erstellt wurde."

„Das heißt also", hakte Robert Markowitsch nach, „dass wir nicht nachvollziehen können, von wem Schäfer dieses Foto erhalten hat?"

„Doch, können wir", meldete sich nun Peter Neumann. „Nachdem mich Herr Zacher darüber informiert hatte, habe ich mich kurzerhand dazu entschieden, zu ihm zu fahren, um gemeinsam zu versuchen, das Rätsel zu lösen. Mir fiel nämlich die Hilfsbereitschaft des Providertechnikers ein, der uns bei der Handyortung unterstützt hat. Diesen haben Herr Zacher und ich gestern Abend noch ans Telefon bekommen, mit dem Hinweis auf eine dringende Straftatermittlung.

Nachdem der Mann durch die Presse Kenntnis von dieser ganzen Geschichte hatte, war er auch bereit, uns ein weiteres Mal zu helfen. Gemeinsam haben wir versucht, den Weg der Email anhand der IP-Adressen zurückzuverfolgen und dabei letztendlich festgestellt, wem dieses Konto gehört und wer somit Michael Schäfer diese Nachricht geschickt hatte."

Robert Markowitsch sah den Oberstaatsanwalt an, wobei er mit einem Arm die Bewegung einer Handkurbel imitierte, um die Ausführungen Peter Neumanns bildlich gesprochen anzukurbeln.

Frank Berger verstand diese Geste natürlich und forderte Peter Neumann auf, endlich zum Wesentlichen zu kommen.

„Bitte keine allzu ausführlichen technischen Details, Herr Neumann. Wer hat die Mail an Schäfer versendet?"

„Michael Schäfer", lautete die Antwort des Kriminaloberkommissars.

„Wie bitte?", fragte Markowitsch nach.

„Sie haben schon richtig gehört, Chef", fuhr Peter Neumann fort. „Das besagte Absenderkonto gehört Michael Schäfer selbst. Das konnten wir anhand mehrerer Nachrichten, die das Konto beinhaltet, nach einiger Zeit nachvollziehen."

„Ist diese Sache denn auch unwiderlegbar nachzuweisen?", wollte Frank Berger nun wissen.

„Wie sind Sie denn an diese Daten gekommen, Neumann?", fragte nun auch Robert Markowitsch nach.

Der Kripobeamte lächelte nur.

„Das wollen Sie nicht wirklich wissen, Chef."

„Doch, will ich", kam dessen barsche Antwort. „Sollten Sie beide sich illegal irgendwelche Daten beschafft haben, wird uns Schäfers Anwalt wahrscheinlich in der Luft zerreißen."

Peter Neumann versuchte, den nun scheinbar aufgebrachten Robert Markowitsch zu beruhigen.

„Die Hürden für eine Datenherausgabe sind zwar mittlerweile sehr hoch, was Ihnen Herr Berger sicherlich bestätigen kann, allerdings sind je nach Sachlage der Ermittlungen entsprechende Paragraphen vorhanden, die dies ermöglichen."

Peter Neumann sah den Oberstaatsanwalt an.

„Das ist durchaus richtig, Neumann", antwortete dieser. „Allerdings bedarf es in einem solchen Fall einer richterlichen Anordnung, und zwar bevor so etwas durchgeführt wird."

Wobei Frank Berger das Wort „bevor" besonders betonte.

Mit einem langgezogenen „Ja" bestätigte Peter Neumann, dass er sich dessen durchaus bewusst war.

„Nachdem in unserem Fall jedoch eine Mordermittlung zugrunde liegt, …"

„… dachte ich mir, dass der Berger das im Nachhinein schon irgendwie zurechtbiegen wird, oder?", vervollständigte Frank Berger den Satz. „Mensch Neumann. Sie bringen mich hier in Teufels Küche."

„Ach was, Berger", unterbrach ihn Robert Markowitsch. „Berufen Sie sich einfach auf „Gefahr im Verzug" oder auf „Verdunklungsgefahr. Sie werden das schon irgendwie hinbiegen."

„Okay, okay", hob Frank Berger beide Hände. „Ich werde sehen, was ich da machen kann. Allerdings brauchen wir dazu noch weitere Einzelheiten. Nur wegen einer Mail werde ich dem Richter wohl kaum Zugeständnisse abringen können."

„Dazu möchte ich jetzt kommen", sprach Peter Neumann. „Dafür müssen wir aber in mein Büro rüber, denn ich brauche mein Baby dazu."

Frank Berger und Robert Markowitsch wussten, dass Peter Neumann damit sein Computersystem meinte, das er wie ein Kleinkind verhätschelte.

Die drei Beamten folgten dem Kriminaloberkommissar also in dessen Büro und platzierten sich um seinen Schreibtisch herum. Eine halbe Stunde später waren die Adrenalinspiegel des Oberstaatsanwalts und der des Hauptkommissars auf einem Level der Euphorie angelangt.

„Bevor wir mit diesen Informationen der ganzen Geschichte einen Deckel aufsetzen, muss ich unter allen Umständen Rücksprache mit dem Richter halten", gab Frank Berger zu bedenken. „Bis dahin gilt ab sofort absolutes Stillschweigen in dieser Sache.

Wenn da vorher auch nur ein einziges Wort nach außen kommt, dürfte das in einer Schlammschlacht mit den Anwälten enden."

Frank Berger machte sich daran, das Büro zu verlassen.

„Die Presse wird uns in der Luft zerreißen, wenn das daneben geht", zeterte er noch, bevor er die Tür hinter sich ins Schloss fallen ließ.

31. Kapitel

Es war kurz vor Mittag, als Frank Berger wieder im Büro der Augsburger Mordkommission auftauchte.

Markowitsch, Neumann und Rolf Zacher saßen am Schreibtisch des Hauptkommissars und waren gerade dabei, ihr bestelltes Essen auszupacken.

„Mahlzeit, Berger", begrüßte Robert Markowitsch den Oberstaatsanwalt. „Wenn Sie Bescheid gegeben hätten, dass Sie um diese Zeit noch mal herkommen, dann würde für Sie jetzt auch etwas dabei sein."

Er deutete auf den großen Karton, in dem die bestellten Gerichte geliefert worden waren.

„Kein Problem, Markowitsch", winkte Frank Berger ab, als er den Inhalt der Verpackungen kurz betrachtete. „Das Zeug vertrage ich sowieso nicht. Ich wollte Ihnen und den Kollegen nur persönlich Bescheid geben, dass ich ein recht gutes Gespräch mit dem Haftrichter geführt habe.

Es hat mich zwar einiges an Schauspielerei und Überredungskunst gekostet, er hat unser Vorgehen aber letztendlich doch gebilligt."

Er blickte kurz auf Peter Neumann und Rolf Zacher.

„Womit ich selbstverständlich *Ihr* Vorgehen meine. Den Vorschlag, Michael Schäfer und diese Alexandra Bleyer heute Nachmittag noch mit den Tatsachen zu konfrontieren, musste er allerdings aus terminlichen Gründen ablehnen. Er hat das Ganze für morgen Vormittag um zehn Uhr anberaumt. Bis dahin hat er zugestimmt, beide Tatverdächtige in Gewahrsam zu behalten."

„Na, immerhin", antwortete Robert Markowitsch und griff nach seinem Besteck. „Angesichts der anstehenden Beweislage dürften wir dem morgigen Vormittag doch recht gelassen entgegen sehen. Ich hoffe, dass Sie auf Grund Ihres sicherlich nicht ganz unkomplizierten Gesprächs mit dem Richter Ihren Appetit nicht verloren haben."

„Jetzt, wo Sie mich daran erinnern, Markowitsch", sprach Frank Berger und legte seine Hand auf den Magen.

„Mahlzeit, Herr Berger", kam es fast gleichzeitig aus dem Mund der drei Kriminalbeamten, wobei sich der Oberstaatsanwalt nur abwinkend umdrehte und das Büro von Robert Markowitsch wieder verließ.

32. Kapitel

Alexandra Bleyer hatte eine fast ruhelose Nacht hinter sich, nachdem sie am Abend zuvor erfahren hatte, dass sie heute dem Haftrichter vorgeführt werden sollte.

Ein Fahrzeug der JVA Aichach brachte sie in Begleitung von zwei Justizvollzugsbeamten in das Gebäude der Augsburger Staatsanwaltschaft. Nachdem der Motor des Fahrzeugs im Innenhof abgestellt war, wurde die seitliche Schiebetür geöffnet und Alexandra aus dem Inneren geholt.

Da die beiden Vollzugsbeamten auf das Anlegen von Handschellen verzichteten, wurde sie von der weiblichen Vollzugsangestellten am Arm gehalten, bis das Fahrzeug wieder verschlossen war.

Ein weiterer Wagen hielt in diesem Augenblick im Hof und Alexandra erkannte nach einigen Sekunden, dass dort ebenfalls eine Person aus dem gesicherten Innenraum geholt wurde. Als sie erkannte, um wen es sich dabei handelte, wurden ihre Augen groß.

„Michael", rief sie laut in seine Richtung, wurde jedoch sofort darauf aufmerksam gemacht, dass eine Unterhaltung nicht gestattet war.

Gemeinsam wurden Alexandra Bleyer und Michael Schäfer nun in einen Raum gebracht, in welchem sich bereits Robert Markowitsch und Peter Neumann, sowie Rolf Zacher und Oberstaatsanwalt Frank Berger befanden.

Die beiden Anwälte der Beschuldigten waren ebenfalls anwesend, als kurz darauf der zuständige Untersuchungsrichter erschien.

Nach einer kurzen Begrüßung der Anwesenden stellte der Richter fest, dass es zwar nicht an der Tagesordnung sei, während einer Anhörung zwei Fälle gleichzeitig zu behandeln, auf Grund eines möglichen Zusammenhangs allerdings diesmal so durchgeführt würde.

Er wies alle Anwesenden und dabei besonders die beiden Verteidiger zu Beginn auch darauf hin, dass er von Seiten der Staatsanwaltschaft gestern noch über eine neue Beweislage informiert wurde.

Nachdem die Gründe für die Anhörung vorgelesen waren, wollte Michael Schäfers Verteidiger voller Erregung das Wort ergreifen, wurde jedoch mit Erlaubnis des Richters von Frank Berger unterbrochen.

„Wir können uns wahrscheinlich eine ganze Menge Zeit ersparen, Herr Kollege, wenn wir uns zuerst der neuen Beweislage der ermitelnden Beamten widmen. Ich denke, dass dies meinen Antrag auf Fortdauer der Untersuchungshaft bestätigen wird und sich alles Weitere wohl erübrigen dürfte."

Der Gesichtsausdruck der beiden Anwälte war in diesem Moment nur mit absoluter Überraschung zu beschreiben.

„Solange wir diese Beweise nicht vorliegen haben, widmen wir uns hier gar nichts, Herr Oberstaatsanwalt", kam die schroffe Antwort von einem der beiden Verteidiger. „Da sich, wie wir ja soeben erst erfahren haben, eine neue und damit für uns noch unbekannte Beweislage ergeben hat, beantrage ich hiermit zunächst Akteneinsicht", wandte er sich an den Haftrichter.

„Das ist Ihr gutes Recht, Herr Kollege, wäre angesichts der Sachlage aber wohl sehr zeitaufwendig", antwortete Frank Berger. „Ich appelliere daher an Sie und den Kollegen, der Frau Bleyer vertritt, Ihren Antrag zurückzustellen und sich gemeinsam mit allen Anwesenden das aktuelle Beweismaterial anzusehen."

Der Richter blickte die beiden Verteidiger fragend an, wobei sein eindeutiger Blick diese nach einer kurzen Überlegungspause schließlich zustimmen ließ.

Der Oberstaatsanwalt erläuterte nun noch einmal in verkürzter Form die Punkte, die für die Untersuchungshaft relevant und allen Seiten bereits bekannt waren.

„Die weiteren Ausführungen sowie die Vorstellung der neuen Beweislage überlasse ich nun den zuständigen Ermittlern der Augsburger Mordkommission, KHK Robert Markowitsch und Kriminaloberkommissar Peter Neumann.

Zum Mordfall Klaus Ginzler wäre zu sagen, dass wir lange Zeit im Dunkeln getappt sind, ehe wir den entscheidenden Hinweis auf einen möglichen Täter gefunden haben. Ich will mich auch gar nicht mit allzu langen Ausführungen aufhalten, denn das, was uns mein Kollege gleich im Anschluss zeigen wird, spricht für sich.

Der Mord an Christian Stohr steht unseren neuen Erkenntnissen nach in unmittelbarem Zusammenhang mit dem Tod von Klaus Ginzler, besser gesagt ist dieser wohl eher eine Folge daraus. Wie wir letztendlich zu diesem Schluss gekommen sind, wird Ihnen nun mein Kollege erläutern."

Markowitsch drehte den Kopf in Richtung Peter Neumann und nickte diesem kurz zu.

„Es war eine wahrlich harte Nuss, die uns Herr Schäfer zu knacken gab", sagte Neumann zunächst in Richtung dessen Verteidigers. „Seine aggressive Berichterstattung mit den Bildern der beiden Ermordeten deutete schon von Anfang an darauf hin, dass diese nur einem Zweck dienen sollten: der Sensationsgier.

Wobei dies für einen Journalisten wie Herrn Schäfer nicht weiter strafbar wäre, wenn es da nicht die Tatsache gäbe, dass das Foto vom Reimlinger Friedhof, auf dem der tote Klaus Ginzler zu erkennen ist, auf zweideutigem Weg in seine Hände geriet.

Herr Schäfer wurde von uns am Tatort erkannt und vom unmittelbaren Gelände verwiesen. Ich selbst habe darauf geachtet, dass er zuvor die zu Unrecht erstellten Fotos von seiner Kamera löscht.

Da dennoch am nächsten Tag ein Foto vom Tatort in der Zeitung erschien, nahmen wir an, dass sich eine weitere Aufnahme durch ein Aufnahmegerät in seinem Besitz befand, von der wir keine Kenntnis hatten.

Laut Herrn Schäfers Aussage hat er dieses Foto jedoch per Email erhalten. Dies mussten wir im ersten Moment bei unseren Nachforschungen leider auch als richtig feststellen."

Der Verteidiger von Michael Schäfer unterbrach Peter Neumann nun.

„Wenn Sie die Aussage meines Mandanten als richtig feststellen konnten, weshalb wurde er dann noch länger in Untersuchungshaft gehalten?"

„Dazu komme ich nun", sprach Peter Neumann weiter. „Durch den Verdacht einer Straftat forderten wir uns über die Staatsanwaltschaft die Erlaubnis an, die IP-Adressen des Absenders zurückzuverfolgen, da uns auch Herr Schäfer nicht mitteilen konnte oder auch wollte, von wem er dieses Foto erhalten hatte. Es hat sich bei den Recherchen herausgestellt, dass er sich dieses Foto selbst über einen zweiten Mail Account zugesendet hatte.

Nachdem dieses Bild, im Vergleich zu den Aufnahmen der KTU eindeutig zu einem früheren Zeitpunkt erstellt wurde, muss Herr Schäfer also zum Zeitpunkt von Klaus Ginzlers Tod am Friedhof in Reimlingen gewesen sein. Dies hatte er bis zum Schluss allerdings geleugnet."

Michael Schäfers Gesichtsfarbe wurde von Sekunde zu Sekunde fahler und er rutschte unruhig auf seinem Stuhl umher.

Peter Neumann bemerkte diesen Zustand sehr wohl und brachte nun die weiteren Beweise auf den Tisch, besser gesagt auf den Bildschirm.

„Dem anwesenden Oberstaatsanwalt wurde anonym ein Video zugestellt, das Alexandra Bleyer dabei zeigt, wie sie den als Tatwaffe identifizierten Stein, mit dem Christian Stohr erschlagen wurde, ins Gebüsch der Gartenanlage im Reimlinger Schloss wirft. Dieses Video ist allen Anwesenden hier im

Raum bekannt.

Alexandra Bleyer hat den toten Christian Stohr nach ihren eigenen Angaben im Reimlinger Schlosspark aufgefunden und durch ihre Schreie die Gäste im Schloss alarmiert. Bis zum Zeitpunkt, an dem das Video auftauchte, waren wir von einem unbekannten Täter ausgegangen.

Nachdem uns im Laufe der Ermittlungen, leider erst nach dem Tod von Klaus Ginzler bekannt wurde, dass am Abend der Veranstaltung im Reimlinger Schlosspark durch Klaus Ginzler ein Werbevideo mittels einer Drohne gedreht wurde, bekamen wir eine ganz andere Sichtweise auf das Geschehen."

Peter Neumann legte eine kurze Pause ein und trank einen Schluck Mineralwasser. Anschließend begab er sich an sein vorbereitetes Notebook.

„Als auch bei den Untersuchungen durch die Kriminaltechnik festgestellt wurde, dass dieses Video, welches der Staatsanwaltschaft zugespielt wurde, manipuliert war, gab es in unseren Augen nur eine Möglichkeit, alles aufzuklären. Wir mussten die Originalaufnahmen von Klaus Ginzler einsehen, die er mit seiner Drohne an diesem besagten Abend aufgenommen hatte.

Dies erwies sich als beinahe unmögliches Unterfangen, da sowohl die Kamera des Fluggerätes als auch die Speicherkarte seines Smartphones, mit dem Klaus Ginzler die Drohne gesteuert hat, verschwunden waren."

Peter Neumann bemerkte mit einem Blick auf Michael Schäfer, dass dessen Nervosität scheinbar noch zugenommen hatte.

Immer wieder suchte er scheinbar Augenkontakt zu Alexandra Bleyer, die jedoch nur stumm und reglos auf ihrem Platz ausharrte.

Peter Neumann ging weiter in seinen Ausführungen, deutete jedoch an, dass nun er langsam ans Ende kommen würde.

„Einen Mann wie Klaus Ginzler schätzte ich in seiner Arbeitsweise als sehr gewissenhaft ein. Deshalb war es für mich nicht vorstellbar, dass er seine Filmaufnahmen, mit denen er schließlich auch einen Teil seines Lebensunterhalts verdiente, nicht mehrfach gesichert hatte.

Da aber wie vorhin schon erwähnt, in seiner Wohnung keine Datenspeicher aufzufinden waren, blieb für mich nur eine Variante übrig: er musste sie online gesichert haben."

Peter Neumann deutete auf Rolf Zacher.

„Auch dank unserer Kriminaltechnik fanden wir heraus, dass Klaus Ginzler die Möglichkeit nutzte, seine Daten in einer Cloud zu speichern. Wir konnten mit Hilfe des Providers Zugang zu diesen Daten erhalten. Aber sehen Sie selbst."

Peter Neumann startete mit einem Klick das Video, welches er heruntergeladen hatte. Die Anwesenden im Raum konnten darin erkennen, dass der Film mit dem Aufstieg der Drohne begann. Da es an diesem Abend bereits relativ dunkel war, musste Klaus Ginzler über eine sehr gute und wohl teure Kamera verfügt haben.

Bei den Aufnahmen konnte man zwar nicht von herausragender Qualität sprechen, für Online-Werbeaufnahmen reichte sie jedoch allemal aus.

Der Schlosspark war von oben erkennbar, einige, allerdings vom Gesicht nicht identifizierbare Personen hielten sich dort auf. Das Fluggerät wurde für etwas mehr als zwei Minuten in der Luft gehalten, ehe es wieder auf den Boden geholt wurde.

„Und was soll uns das jetzt beweisen, Herr Neumann?", fragte einer der Verteidiger.

„Bisher noch nicht viel", gab der Kriminaloberkommissar zu. „Aber die Aufnahme ist an dieser Stelle noch nicht zu Ende. Die Drohne wurde etwas später noch einmal gestartet."

Gespannt sahen nun alle Augenpaare auf die Leinwand, auf welche die Aufnahme per Beamer übertragen wurde.

Man erkannte das erneute Aufsteigen von Klaus Ginzlers Gerät, das er diesmal von den Schlosshütten aus gestartet hatte. In einem großen Bogen bewegte sich die Drohne zunächst in geringer Höhe über der Schlossmauer entlang bis hin zum Eingangstor, bevor sie weiter anstieg und über das bewohnte nordwestliche Kavaliershäuschen hinweg den Schlosspark ansteuerte.

Man konnte den zentral gelegenen Brunnen erkennen, der vom Frühjahr bis zum Herbst inmitten der dann farbenprächtigen Anlage gerne auch als Hintergrund vieler Hochzeitsfotos genutzt wird.

Das Fluggerät setzte seinen Weg entlang der nördlichen Begrenzung über zum Teil bereits kahles Buschwerk fort, bis zu jener Stelle, die für die Augsburger Ermittler letztendlich die Lösung eines Mordfalls darstellte. Die Drohne verharrte fast regungslos in der Luft und erfasste dabei ein makabres Schauspiel.

„Klaus Ginzler musste die Aufnahmen live an seinem Smartphone mitbekommen haben", unterbrach Peter Neumann kurz das Video. „Ansonsten lässt sich das Verharren der Drohne über die folgende Zeitspanne nicht erklären."

Im weiteren Verlauf der Aufnahmen war erkennbar, dass sich zwei Personen, die deutlich als Christian Stohr und Michael Schäfer zu identifizieren waren, in einem Streit befanden. Dieser endete damit, dass Christian Stohr während einer kurzen Handgreiflichkeit stolperte, scheinbar hart auf dem Boden aufschlug und regungslos liegenblieb.

Der Journalist sah sich nach allen Seiten um, blickte auch nach oben.

Peter Neumann stoppte das Video an dieser Stelle und deutete mit dem Finger auf die Leinwand.

„Hier ist der Moment, in dem Sie die Drohne entdeckt haben, Herr Schäfer", sagte er mit einer Eindeutigkeit in seiner Stimme, die keinen Zweifel aufkommen ließ.

Das Video wurde wieder gestartet und zeigte nun, dass die Kamera Michael Schäfer kurz folgte und dabei festhielt, wie er sich dann jedoch mit raschen Schritten in Richtung Parkausgang entfernte.

„Dass Schäfer nach dieser Szene kein weiteres Mal auf den Aufnahmen zu sehen ist", erklärte Peter Neumann, „bedeutet für uns, dass er den Tod von Christian Stohr nicht verursacht hat.

Die Verletzungen, die er sich bei diesem Sturz zugezogen hatte, waren nicht verantwortlich dafür, was die Obduktion eindeutig ergeben hat."

Michael Schäfer sah den Zeitpunkt als Chance, einigermaßen heil aus der ganzen Geschichte herauszukommen.

„Es war auch nie meine Absicht, diesen eingebildeten Trottel umzubringen", sagte er und versuchte dabei, so etwas wie Reue in seine Stimme zu legen. „Mir ging es lediglich darum, zwischen Alex und ihm etwas Unruhe zu stiften.

Als ich ihn fragte, was sie wohl dazu sagen würde, wenn sie ihn hier so mit dem Joint in der Hand sehen würde, meinte er nur, dass dies für ihn keine große Rolle spielt. Eine kleine Hauptrolle im nächsten Stück würde sie schon wieder beruhigen. Wichtig wäre nur, dass die Kohle weiterhin reinkommt, solange ihn sein Erzeuger, wie er sich ausdrückte, finanziell an der kurzen Leine hält.

Dass er Alexandra scheinbar nur als Mittel zum Zweck sah, ließ mir die Galle hochkommen. Ich konnte mich in diesem Moment einfach nicht beherrschen und bin ihm an den Kragen gegangen. Schließlich war er daran schuld, dass ich bei ihr nie wirklich eine Chance bekam."

„Wenn Du ihn nicht einfach da so liegen gelassen hättest, würde Christian noch leben", rief Alexandra Bleyer Michael entgegen.

„Ich", konterte dieser sofort, „habe ihn aber nicht umgebracht. Das hast Du doch eben gehört."

Man konnte geradezu fühlen, dass es bei der spannungsgeladenen Luft im Raum nur eines kleinen auslösenden Blitzes bedurfte, um die Explosion herbeizuführen.

„Warte einfach mal ab und schau zu", giftete Michael Schäfer weiter. „Gleich wirst Du Deine Hauptrolle bekommen."

Der Journalist schluckte in diesem Augenblick schwer, da er wohl bemerkte, dass er sich mit seinem letzten Satz nun wohl selbst ins Abseits gestellt hatte. Kleine Schweißtropfen bildeten sich auf seiner Stirn, als er Robert Markowitsch hörte.

„Sie scheinen ja sehr genau zu wissen, Herr Schäfer, wie die Filmaufnahme weitergeht."

Der Blick des Hauptkommissars ging von Michael Schäfer zu dessen Anwalt und weiter zum Platz des Untersuchungsrichters.

„Das kann jedoch nur bedeuten, dass Sie, Herr Schäfer, bereits Kenntnis vom Inhalt der Aufnahmen haben. Ich werde Ihnen auch sagen, wie es meiner Meinung nach dazu kommen konnte."

Robert Markowitsch erhob sich und sah in das erhitzte Gesicht des Journalisten.

„Sie haben Klaus Ginzler in dessen Wohnung aufgesucht, um ihn zur Herausgabe der Filmaufnahmen zu zwingen. Den Grund dafür kennen wir bis dato leider nicht genau, vermuten aber, dass Klaus Ginzler Sie wegen Ihres Streits mit Christian Stohr erpresst haben könnte."

Michael Schäfer sah auf Grund seines soeben begangenen Fehlers und der dargelegten Ermittlungsergebnisse seine Felle davon schwimmen. Es war ihm nun anzusehen, dass er sich im Klaren darüber war, nicht mehr ungeschoren aus dieser Angelegenheit herauskommen zu können.

„Dieser Idiot wollte sich auf meine Kosten eine neue technische Ausrüstung zulegen", begann er sich zu rechtfertigen. „Er hat gedroht, das Filmmaterial nach entsprechender Bearbeitung online zu stellen und meinte, dass danach wohl keine Zeitung jemals auch nur eine einzige Zeile von mir abdrucken würde."

Michael Schäfer war in seiner Erregung nun kaum mehr zu bremsen.

„Hätte er mir das Video ausgehändigt, wäre überhaupt nichts weiter passiert. Alexandra wäre wohl mit einem guten Anwalt einigermaßen glimpflich aus der ganzen Geschichte herausgekommen. Dafür hätte ich schon gesorgt.

Nachdem Ginzler sich aber weigerte, haben wir uns gestritten, wobei er plötzlich irgendwie ins Stolpern kam und mit seinem Kopf gegen diesen blöden Kasten knallte. Ich hatte nicht die Absicht, ihn umzubringen, aber als ich ihn da so liegen sah …"

Er verschluckte mit Tränen in den Augen die weitere Ausführung dessen, was an diesem Morgen geschah.

Robert Markowitsch bemerkte, dass Schäfer auf Grund seiner Verfassung momentan nicht mehr in der Lage war, weiterzusprechen. Doch Mitleid war in diesem Fall nicht angebracht.

„Ich werde Ihnen erklären, wie wir den weiteren Tatverlauf sehen, Herr Schäfer.

Sie haben die in diesem Moment hilflose Lage von Klaus Ginzler gnadenlos ausgenutzt. Sie sind in der Öffentlichkeit bekannt für Ihre aggressive, emotionslose Art und Weise der Berichterstattung, die Ihnen wahrscheinlich jedes Mal eine ganze Menge Geld einbringt.

Dass Sie Ihr Opfer, ich benutze diesen Ausdruck bewusst, auf den Reimlinger Friedhof gezerrt haben, um dort allem Anschein nach einen spektakulären Mordfall an die Öffentlichkeit zu bringen, bestätigt nur Ihre in meinen Augen schon beinahe krankhafte Auffassung von Journalismus."

Michael Schäfer, der während Robert Markowitsch' Ausführungen ununterbrochen seine Hände knetete, saß nun regungslos und sichtbar mit den Nerven am Ende auf seinem Platz. Es wurde nach der Erklärung des Hauptkommissars kein einziges Wort gesprochen.

Robert Markowitsch selbst war es, der diese Stille nun unterbrach, indem er sich an Alexandra Bleyer wandte.

„Ihnen, Frau Bleyer, könnte man zu einer beinahe großartigen schauspielerischen Leistung gratulieren, hätten Ihnen da nicht der Zufall und die Technik einen Strich durch die Rechnung gemacht."

Markowitsch nickte seinem Kollegen nochmals zu und Peter Neumann ließ das Video weiter abspielen.

Zu sehen war nun, wie sich die Drohne mit der daran befestigten Kamera so drehte, dass die Stelle mit dem am Boden liegenden Christian Stohr wieder erkennbar war. Mit großen Augen verfolgten die Anwesenden nun, wie nur Sekunden später eine Frau ins Bild kam: Alexandra Bleyer!

„Sie, Frau Bleyer", sagte Peter Neumann, „haben unserer Meinung nach das ganze Geschehen beobachtet. Wie ansonsten wäre es zu erklären, dass Sie nur so kurze Zeit nach dem Verschwinden von

Herrn Schäfer an dieser Stelle zu sehen sind?"

Alexandra Bleyer schüttelte nur ungläubig den Kopf, als wollte sie Peter Neumann wortlos widersprechen.

„Alles Weitere spricht nun für sich", sagte der Kriminaloberkommissar und startete ein letztes Mal das Video.

Man sah, wie sich Alexandra Bleyer neben den noch immer reglosen Christian Stohr kniete, sich verzweifelt umsah und sich nach irgendetwas am Boden streckte. Ihr rechter Arm erhob sich und sauste Sekundenbruchteile später auf den Kopf von Christian Stohr nieder.

Die junge Frau war in diesem Augenblick von ihrem Platz aufgesprungen und schlug sie Hände vors Gesicht, um diese Szene nicht mit ansehen zu müssen. Hemmungslos ließ sie ihren Emotionen freien Lauf, ehe sie mit tränenerstickter Stimme zu sprechen begann.

„Ich weiß nicht, wie oft ich ihn in den letzten Monaten gebeten habe, mit dieser verfluchten Kifferei aufzuhören.

Anfangs hatte er es ja immer noch abgestritten, doch konnte er mir immer seltener erklären, wofür er ständig Geld brauchte. Doch der oftmals verklärte Blick aus seinen Augen und dieser widerlich süße Geruch an ihm, den er scheinbar selbst gar nicht mehr wahrgenommen hatte, bestätigten mir meinen Verdacht letztendlich.

Irgendwann gestand er mir seine Abhängigkeit und versprach mir gleichzeitig, dass er mit mir gemeinsam versuchen wollte, davon loszukommen."

„Was aber letztendlich nicht gelang, wie die Tatsachen beweisen", warf Robert Markowitsch dazwischen.

„Nein, überhaupt nicht", sprach Alexandra Bleyer weiter, wobei ihre Stimme nun gefestigter, ja beinahe wütend erschien. „Ich hatte an diesem Abend im Reimlinger Schloss wieder das Gefühl, dass er aus welchem Grund auch immer, wieder dieses Zeug rauchte. Das war auch der Grund, warum ich ihn suchte. Als ich ihn jedoch im Park mit Michael sprechen hörte, wollte ich erst einmal abwarten und habe mich im Hintergrund gehalten.

Nachdem es zum Streit zwischen den beiden kam und Michael ihn dabei zu dieser Äußerung provoziert hatte, brannten bei mir wohl die Sicherungen durch. Ich habe keine Ahnung, weshalb ich mich dazu hinreißen ließ, diesen Stein in die Hand zu nehmen und ..."

Die weiteren Worte von Alexandra Bleyer erstickten wieder in einem Tränenfluss.

Ihr Verteidiger versuchte sie zu beruhigen, drängte sie mit sanftem Druck auf ihren Stuhl zurück, als sich der Richter erhob, um seine Erklärung bekanntzugeben.

„Auf Grund der vorliegenden Beweislage ergeht folgender Beschluss: Dem Antrag der Staatsanwaltschaft wird hiermit stattgegeben. Die beiden der vorsätzlichen Tötung Verdächtigen Alexandra Bleyer und Michael Schäfer verbleiben bis auf weiteres in Untersuchungshaft.

Sollte durch die Staatsanwaltschaft und die Ermittlungsbehörden nach Ablauf von drei Monaten keine Anklage zu einem Hauptverfahren erhoben werden, wird ein erneuter Haftprüfungstermin festgelegt."

33. Kapitel

Einen Monat später erhielten Robert Markowitsch und Peter Neumann Besuch vom Oberstaatsanwalt.

„Es freut mich, Markowitsch", sagte Frank Berger mit einem Lächeln zu den beiden Kriminalbeamten, „dass ich Ihnen das hier übergeben darf."

Er überreichte dem Leiter der Augsburger Mordkommission ein Kuvert.

„Gehaltserhöhung?", fragte Markowitsch überrascht nach.

„Quatsch, Markowitsch. Sie wissen genau, dass dies nicht in meinen Zuständigkeitsbereich fällt.

Ich darf Ihnen hiermit vielmehr Grüße aus Reimlingen überbringen.

Bürgermeister Langer hat mich darüber informiert, dass nach dieser nervenaufreibenden Geschichte in seiner Gemeinde beschlossen wurde, das geplante Krimidinner vom letzten Monat nachgeholt wird.

Und keine Sorge, meine Herren, man hat diesmal eine professionelle Schauspieltruppe engagiert und im Vorfeld entsprechende Informationen eingeholt.

Sie sehen also: es steht einem entspannten Abend für Sie beide und Herrn Zacher nichts mehr im Wege."

Robert Markowitsch öffnete mit einem kurzen Blick auf Peter Neumann das Kuvert, besah sich den angegebenen Termin und steckte unter einem einvernehmlichen Nicken seines Kollegen die Einladungskarten wieder zurück.

„Ach wissen Sie, Berger", seufzte Robert Markowitsch.

„Das ist zwar sicherlich sehr nett gemeint vom Reimlinger Bürgermeister.

Aber Sie finden sicherlich irgendjemand anderen, der sich über diese Einladung freuen würde.

Wir beide haben jeden Tag genügend Krimi um uns herum."

Ende

208 Seiten   12,90 €
ISBN-13:   978-3837095012

208 Seiten   12,90 €
ISBN-13:   978-3837054163

204 Seiten   12,50 €
ISBN-13:   978-3848225644

204 Seiten 12,50 €
ISBN-13: 978-3732285112

136 Seiten 8,90 €
ISBN-13: 978-3842384118

160 Seiten   9,90 €
ISBN-13:   978-3831149100

228 Seiten   9,90 €
ISBN-13:   978-3738650006

548 Seiten   22,50 €
ISBN-13:   978-3738650181